愿有岁月可回首，且以深情共白头

谷谷——著

時代文藝出版社

图书在版编目（CIP）数据

愿有岁月可回首，且以深情共白头 / 谷谷 著．—长春：时代文艺出版社，2018.10

ISBN 978-7-5387-5548-0

I. ①愿… II. ①谷… III. ①散文集—中国—当代 IV. ①I267

中国版本图书馆CIP数据核字（2017）第231821号

出 品 人　陈　琛
产品总监　郭力家
出品监制　刘　峰
产品经理　宋丹丹
责任编辑　付　娜
装帧设计　MM末末美书
排版制作　李　楠

愿有岁月可回首，且以深情共白头

谷谷 著

出版发行 / 时代文艺出版社
地址 / 长春市泰来街1825号　时代文艺出版社　邮编 / 130011
总编办 / 0431-86012927　发行部 / 0431-86012957　北京开发部 / 010-63108163
官方微博 / weibo.com / tlapress　天猫旗舰店 / sdwycbsgf.tmall.com
印刷 / 北京嘉业印刷厂
开本 / 880mm × 1230mm　1 / 32　字数 / 165千字　印张 / 7.5
版次 / 2018年10月第1版　印次 / 2018年10月第1次印刷　定价 / 38.00元

图书如有印装错误　请寄回印厂调换

目录 CONTENTS

CHAPTER THREE

牵着你的手

一起幸福到地老天荒

CHAPTER ONE

我不喜欢这世界
我只喜欢你

和许先生的这么多年

1

在家刷微博，我发现有个“我不喜欢这世界，我只喜欢你”的话题被推在热门，点进去发现是个很年轻的作家写的一些生活小片段。每一个片段都有她和他，短短的几句话却格外暖。

我随手给在外出差的许先生发消息说：“我不喜欢这世界，我只喜欢你。”

“明晚回家，想吃焖牛腩。”

我笑了笑回了个“好”，他是从来不会回复我这种小女生心情短信的。

以前我还埋怨过他不懂浪漫，好好说出口的情话到了他那就成了日常生活的柴米油盐。他不恼也不解释，只是笑笑伸手揽过我，拼命揉乱我的头发。

到最后，我就什么脾气都没了。

上午在家打扫卫生、清扫院子时，我发现不知什么时候种下的花籽竟在篱笆角落开出了不知名的花。

我惊喜地扔下扫帚跑过去看，粉粉的花瓣，中间有黑条纹，一簇一簇地开在绿团上边，像一朵朵从天边掉下来的云，上边还沾着晨露，可爱极了。

我第一反应是去围墙边拿了小锄头过来，蹲下细细地把花团底下的泥土弄松，还把旁边的杂草也一并清除掉。然后，我跑去外边小径捡来大把石子，一个个地码在那个开了花的角落。

一切都弄好以后，欣喜地想和他分享，我就朝屋里跑去找手机。

还没进屋，就听到手机铃声响了起来，我咧着嘴笑得激动地冲着他说："院子里之前随手撒的花籽开了花，粉色的，我刚刚给它们清理完，正准备拍给你看呢。"

"你洗手没？"

那边的他貌似不太方便打电话，刻意压低着嗓音问。

"啊，没呢。"

这边的我对着手机吐舌，还真是什么都瞒不过他。

"下次记得先把手洗干净，不然你乱摸乱吃的又会生病。"

我连声应答着"好"，生怕这位在外出差的人为了教训我会立马飞回来。许先生好像还在开会，那边有人催促他，他应了句"就来"，就又压低声音嘱咐我看微信，不明白再问他。

我以为是件十万火急的大事，都劳烦他开会中途给我打电话，一上微信才发现有将近十余条他发过来的消息。

许先生担心人的毛病一直没改，只要他发来的消息有超过五条我没回，必定恨不得掘地三尺找我。为这事，连我两个朋友都开过他玩笑。他沉默不语，一副理所当然的样子。

原来他有同学来A市，刚好工作上有往来的文件，他不在就拜托我去接一下那份文件。我回他一个“好”，他便立刻把地点、联系方式给了我。

我还没来得及存下这个号码，微信就提醒有好友添加，是一个花轮头像的人，底下的备注是“许铭泽的同学，老同学那种”。

这个微信号是许先生申请的，里面除了许先生和工作上的一些同事外，我没加过任何以前的同学或者朋友。可这次，不知为何我却有了一种特别神奇的感觉，总觉得这个人会带给我许多惊喜——关于许先生我未曾参与的从前。

和对方约好时间、地点后，我简单地收拾了一下就去车库准备开车。

驾照还是和许先生在一起后，被他挟持着去学的。可学到之后，许先生从来没有让我单独开过，不单独的也没有。基本都是他开车，我坐副驾驶。他不开车，我打车。所以我的车技，恐怕还停留在刚拿驾照那会儿，现在恐怕也忘得差不多了。

“开车慢慢来，不要急，迟到也没关系。导航都给你弄好了，你直接打开照着走。不要紧张，知道吗？”

类似的消息，许先生已经在我出门前发了三遍以上，我回复“嗯，嗯，好”，最后实在不耐烦地说“到底你开还是我开啊”，他才罢休。

我俩在一起后，因为我喜静的缘故，许先生就在这城乡接合处买了一套房。前边有小院子，后边有池塘，独栋还宽敞。就是每日上班远了点儿，其他倒真的再好不过。

一个多小时的车程，在我的技术下战战兢兢地开出了两个小时。

好在我提前了两个小时出门，所幸也没迟到多少时间。

到达目的地后，我倒车入库时，还是不小心把旁边的一辆凯迪拉克给刮到了。我连忙开进去，慌忙下车看被蹭花的程度。车主不在，车只是被刮掉了一小块漆，好在并不严重。我从包里拿出纸笔，在上边写下道歉之后，留下联系方式就把小纸条夹在了车窗上。

看了一眼时间，发现已经晚了二十多分钟，我急急地跑上去生怕对方等得不耐烦走掉，还没走到桌子前，就看到一个背影。

“不好意思，让您久等了。”

站在桌前，我微微欠身和对方说着抱歉，对方似乎有点儿不自然地站起来帮我拉开椅子说：“没关系，我也才到。”我瞥见，桌上的糖包已经开了两袋。

绅士，懂礼，让人舒服，是我对许先生这位老同学的第一感觉。

“你不认识我？”

坐定下的我们还没自我介绍，对方便没头没脑地问了一句。

“啊？”

我有点儿不明所以，眨巴下眼睛看着他。

他梳着一个现在并不怎么流行的头发，前边全部定型弄成一个卷，像小丸子里面的花轮那种。可他的脸又是肉肉的，穿着一件扣起来的西装，里面露出深秋才会穿的毛衣领子，整个打扮有点儿滑稽，但是又有点儿庄重。

我怎么都想不起在许先生的老同学里面，有这样一位是我认识的。

“看来你真的不认识我。”

对方说完这句话，似乎松了很大一口气。那是一种释怀的情绪，可我却一头雾水。

2

“我叫黄磊，和许铭泽是高中同学，也和你是校友。”

我一下子来了兴趣，因我对于许先生最想了解也最难以开口了解的岁月就是他的高中生活。尽管，我俩在同一所高中里。

“我叫顾浅，许铭泽的妻子。”

第一次在外人面前如此介绍自己，我有点儿不好意思地低头去喝手里的咖啡。

“你真的不记得我吗？”

显然黄磊并没有打算放弃这个问题，而我又的确真的对他没有了一丝印象。我迷糊地摇了摇头，再一次确认我高中并没和这位花轮发型的同学有过任何交集。

他仿佛有点儿无奈，把西装外套脱下来，里面穿着的白色毛衣便大面积地暴露在外。

毛衣有点儿小，而且看得出有些年头，颜色都旧了，上边是一个黄色的梨子图案，萌萌地穿在这样一个已经二十四五岁的男人身上，有着不合年纪的滑稽感。我坐着，立刻感受到了来自不同方向的几束目光。而黄磊似乎并不在意，双手搭在桌前问我：“现在呢？有没有记起什么？”

“还是什么都不记得。”我实话实说。

“顾浅，很早以前我就听别人说你薄情，没想到你不只薄情，还健忘。”

黄磊不急不慢地穿上外套，刚刚还在空气中张牙舞爪的那个黄色梨子，此刻便被他藏到黑色冰冷的外套下边了。他并没有给我疑问的时间，自顾自地开始给我讲了一个故事。

“我很早很早以前就认识你了，那时我们都才读高二。我和许铭泽同班，你在我们隔壁。当时我并不知道你和许铭泽认识，认识你也是因很偶然的一次机会。

“有一次放月假，我妈来学校看我，带着许多吃的、喝的、用的，还有秋天的衣服。那时大家都还穿着秋季薄外套，里面还穿着短袖呢。那毛衣多厚多热啊，我不想穿，又不想忤逆我妈。我想着，等我妈回去了，衣服塞柜子里就行。

“可我妈硬是在教室里看着我吃完饭后，让我穿上那件毛衣才肯走。我僵持着不肯，我妈更倔地说不穿不走。那时班里没人，可再过会儿就有人回来了呀。没办法，我只好妥协。

“那件毛衣当时穿着还挺大，松松垮垮地挂在身上倒也不热，我穿好后立马就送我妈出教室门、下楼梯。我想着赶紧送走我妈，赶紧上楼换掉。

“谁知道刚送走我妈，一上楼就碰到了同学。看着他一脸吃惊的样子时，我就知道那得有多丑。我还没来得及开口，他就哈哈大笑起来，大声问我：‘你这穿的什么，穿得像个什么啊？’

“‘花轮啊！’

“然后我还没来得及回嘴，就有一个特别清脆的声音从我们身后传来。

“你和另一个女生就那样从我们身边经过，挽着她手臂的你笑颜如花，边笑边说话。而那句‘花轮啊’，好像就仅仅只是巧合地出现帮我解了一个围，你连正眼都没抬头看我们。

“我当时也是傻，你不过就凑巧和旁边人聊天说了那样一句，刚好对上我俩的对话，我就以为你是故意的。从那以后，我就开始留意起你来。

“你成绩一般，长得挺清秀，但是并不怎么出色。我还特意去找过你的高一成绩，发现你文科明明好很多，却偏偏选了理科。我当时以为这是上天故意安排的呢，后来才明白你是为什么。

“对你上心后，我发现你经常出现在我的视线里。这个出现不是指我特意追寻，而是比如下课时，我在班里和男生聊天就总能感觉到你走过我们班级时漫不经心地看过来的那一眼。就是那种想看但是又装成很自然的眼神，在搜索着什么，又在还没搜索到后就收回。还有打篮球时，你也总会出现在我们球场旁边。就连跑操时的集合，我都抓到过好几次你投过来的目光。

“呵呵，当时我一直以为你也在偷偷找我，还暗自窃喜过好几回。

“我当时就觉得你特有意思，小小的个子不爱说话，没什么存在感，可是就是让人很容易记住。高二元旦会演的时候，我看到你一个人从座位上起来，贴着墙壁慢慢地朝体育场外边走。我当时特想跟上去和你说会儿话的，可我被班主任抓着管纪律，就没有出去找你。

“后来回宿舍了，我就琢磨着吧，如果你刚好也喜欢我的话，我不能等你主动啊，我得出击呀。所以我就把很久前弄到的你的手机号码找出来，当时我的手机被没收了，就去找许铭泽借手机。

“开始的时候许铭泽并不愿意借给我，我软磨硬泡说借不到手机我黄家就得绝后，我爸我妈就得伤心欲绝而死，我就得孤独终老，等等。他终于被磨得不耐烦，就把手机扔过来给我。

“你知道我在他手机里发现了什么吗？”

说到这里，黄磊突然顿住，特别狡黠地看着我问。

“不知道。”

我诚实地摇头，可我知道那一定是有关于我的。

“我到那时才知道，原来一直都是我会错意了。我给你编辑好短信内容后，开始输入你的号码，可我越输越不对劲，因为许铭泽的通讯录里有一个和你的完全吻合的号码，但那号码是个空白备注。我顺着你的号码点进去后发现，草稿箱里边，全部是发送给你失败的短信，整整一百一十三条。

“每一条都很短，比如，‘食堂二楼看到你’‘跑操时你的头发散掉很美’这种日常对话，更多的是重复的一句‘我很想你，你什么时候才会和我说句话’。

“对，我当时看到这些内容时的表情和你现在一模一样。超震惊！要知道许铭泽不仅长得帅，成绩还那么好，追他的女生不下十个，而他喜欢的人居然是你！

“可是除了震惊之外，我还有点儿小伤心。因为如果喜欢你的人不是他，我多少还会觉得应该争取一下。可面对的是他，我就知道喜欢你这件事会戛然而止了。

“但是，我好像并没能够使自己放弃，还是这样默默喜欢了你这么多年。”

说完这段话的黄磊，神色轻松地端起桌前的咖啡喝了一口。

我坐在对面沉默着，努力克制着自己消化这个消息。

一直以来，我都以为我这样的女生是不值得被别人所喜欢的，哪怕后来和许先生在一起，我都是自卑的。却不知道，这么多年，我被另一个人如此温柔地爱了这么久。

对于他的花轮故事，我好像有点儿印象。当时我是和好朋友在讨论动画角色，她问的是最喜欢哪一个动画男生。我很自然地脱口说“花轮啊”，却不知道当年的随口一说让一个男生记住花轮这么久，也让他保留那件可爱的毛衣到如今。我突然为我当年的鲁莽感到有点儿后悔，如果再来一次，我想我会回头看一眼那个有点儿别扭的、脸红的男生，和他穿着的那件黄梨子的毛衣吧。

原来，在另一个人的青春里，我不小心做了一次女主，还是懵懂无知的那种。

“谢谢你告诉我这些，也很感谢你曾经喜欢过我。”

“没什么，只是觉得应该和我过去的青春告个别。要是你喜欢的人不是许铭泽的话，没准我早就下手抢你了。可惜，当年你搜搜寻寻的目光一直都是他，唉，都是自作多情惹的祸啊。对了，这事你可别告诉他，不然他吃起醋来的劲儿非得把我扔回 B 市不可。”

“哈哈，怎么会。”

我们两人又随便聊了会儿高中往事，他到时间得赶回公司。我俩一块儿下楼，去车库取车时，我站在车子前边，看着他拿下那张我写了道歉和联系方式的纸条，脸黑成了几条直线。

“哈哈，顾浅，你怎么这么可爱。”

黄磊拿着纸条冲我笑着说话的时候，我突然觉得他这一刻像极了当年和我说“走吧”的许先生。

回到家已经晚上七点，我洗完澡收拾好后，便接到了许先生如约而至的电话。我把影后抱在怀里，软绵绵地和它一起躺在沙发上，向许先生汇报下午的会面进程。

许先生似乎有点儿忙，有点儿不在状态地和我聊天，背景声音是啪啪的键盘声。我怕他分心陪我，就嘟囔着要睡了，不讲了。

他有点儿吃惊，平常这个点我不是闹腾着看书听故事，就是捣鼓家里杂七杂八的东西。

“你今天下午没出事吧？”

出了，你老婆蹭花了人家凯迪拉克的车，人车主抓着我得去做压寨夫人抵债呢。

“你当初高中的时候，是不是真的我不理你你就不会理我了？”

我冷不丁地问了这样一句话，电话那头没有了声响。

“不会，我怕你跟别人走，不敢不理你。”

听完，我有点儿感动，心突突地跳，怕说出口想要抱一抱他而决堤。

“嗯，这辈子我只跟你走。”

我慢慢地把脑袋埋进影后的肚皮上，暖暖地，挠得它喵喵乱叫。许先生挂掉电话后，整间屋子瞬间就安静了下来。

这是和许先生认识的第十个年头呢。

3

和许先生认识时十四岁，在小镇读初中。

读高中的时候，我在言情小说中读到一句话“有些人天生就是带着光出来的”，脑海里第一个想到的人就是许先生。

一个年级四个班，人不多也不算少。许先生从小应该就属于格外优秀的那种人，刚开学不久，全校人就记住了他——成绩好，懂礼貌，能力强。

许先生作为初一新生代表讲话，我站在队伍中央昏昏欲睡，只是记住台上那个有点儿不耐烦的男生姓许，其他一概没了印象。

说起来，我认识许先生比他认识我早一年。

我们两人正式相识是在初二，老师不知怎么想的要弄培优班和普通班，成绩以初一期末考试为准。我一直不是一个会读书的人，学生时代考得好的几次成绩十个手指头都数得完。而那次，也在其列。

我是培优班里垫底进去的，分座位那天班里闹腾腾的。成绩好的人似乎都喜欢玩在一块儿，自然就挑着各自的好友当同桌。我成绩不好，也没有朋友，一个人抱着新书坐在最后一排，独座。

隔着走廊的另一个单座便是许先生。

记得我一度很疑惑，许先生就算冷冰冰的，可他成绩好，长得好，想和他同桌的人应该有一大把才是，不至于沦落到要坐在最后边。

后来相熟之后我问他，他说：“不喜欢他们，干吗做同桌？”

十足的霸道总裁口吻，你不知道你不喜欢的事是别人梦寐以求都得不到的。

培优班的日子并不好过，特别是对于我这种极其偶然才进去的学生来说更难过。常常是老师在上边讲新的解题思路时，我还卡在前边的公式如何运用上。而我又不敢举手提问，越堆越多的后果就是期中考试跌到了全班倒数，年级排名都不知道去了哪儿。

我在班上被班主任含沙射影地教训一顿后，似乎老师并不解恨，特别响亮地点出我的名字说放学后去一趟办公室。

傍晚，同学们陆陆续续收拾东西回家，我默默地坐了会儿便起身去办公室。站在办公室里，四十多岁的女老师端着白色瓷碗边喝水边和我说话。

无外乎是：你成绩这样，怎么好意思在培优班？多向其他同学学习，不要整天坐着发呆，发呆能进重点高中考上重点大学吗？想想你自己的条件，并不是多么有钱人家的小孩儿，没权没势的不靠自己，怎么上高中？不读高中又怎么上大学？

如此云云，她苦口婆心地教导了我一个多小时，我始终低着头不语。窗外的日头的光线从窗户边慢慢地挪到我脚边，最后挪到身后的墙壁上，金色的余晖才没了踪迹。

说累了，班主任就大手一挥说："你回去好好想想吧。"

我依旧沉默着弯了一下腰出门，教学楼已经空落落的，听不到人声。我抿着嘴进教室时，就见到趴在桌上睡着了的许先生，心里咯噔一下，被惊到了。

我小心翼翼地走过去收拾书本，犹豫着要叫醒他回家呢，还是直接走掉。半个学期的相处，我并没有和许先生说过几句话。我是性子使然的沉默，他估计是不屑开口。

井水不犯河水。

可那次，全校好像就只剩下了我俩。我突然有种这全世界只有我俩相依为命的错觉，背靠着椅子就那样慢慢地让自己和许先生融进了黑夜。

谁知道后来因太累竟然睡过去了，我被许先生摇醒，一脸的羞愧。许先生背着包靠在门口，看着我慌慌张张地拿书包。

“走吧，顾浅。”

他站在我前边，好像是笑着说的“走吧，顾浅”。窗外没了日光，屋内没开灯，昏黄的夜色笼罩着我俩，他冲我说走吧，庄重得仿佛在许下什么诺言。

后来，许先生问我到底是什么时候喜欢上他的。我想了很久很久，不是他对我好的时候，不是他不嫌弃我的时候，而是在这个傍晚，他有点儿笑意却格外认真地对我说“走吧，顾浅”。

走吧，无论我要带你去哪儿，无论你要归往何方，这一路我带你走。

我俩从教学楼出来，我像个小狗跟在主人身边一般落在他身后。他故意放慢脚步好让我俩处于平行，可他慢，我就更慢。两个人不说一句地在步伐上较劲，最后许先生实在忍不了了，扯着我的校服把我拽到前边和他平行。

“不要像个小动物一样跟在我后边，顾浅同学！”

他终于有了一丝人间气，有点儿微怒的许先生让我一下觉得亲近了不少。我俩一路上有了不少话语，聊得最多的还是今天班主任的训话。许先生很沉默，而我却好像变得格外话痨。絮叨个没完没了，平常一天都不会讲这么多话的我，却因为害怕两人沉默的尴尬而成了关不住的话匣子。

虽然许先生并未说什么，可从那天以后，我的所有作业许先生都会拿过去检查一遍，然后教我。他也很嫌我笨，可从没不耐烦地丢掉笔指责我，总是一遍又一遍地抚着额头给我讲解，耐心得比我妈还没有脾气。

久而久之，我俩的关系变得好了起来，顺带变好的还有我的成绩。虽然不能一飞冲天，可已经不再垫底，我很满足了。

然而，我以为再努力点儿没准就可以和许先生考进同一所高中时，初三我转学了。

转学来得毫无征兆，一系列手续被我妈雷厉风行地全部处理完毕，连带着的还有搬家。严格意义上说，是分家。

父母不和很多年，从我懂事起，他们便是无休止的争吵。小时候我还会哭闹着求他们不要吵，渐渐地长大了，我就什么都不再开口。我常年住在外婆家，并不愿意和父母生活在一块儿。

就连他们离婚，我都是最后一个被通知的。被通知你成了单亲家庭的孩子，被通知你判给了妈妈，被通知你妈妈是做好了改嫁准备，这次搬家不过是为了组建另一个家庭。

所有的一切，在我住到新家后才完整消化，连带着消化的还有新学校。

我没有朋友，转学后我想告诉他们一声，却发现手头没有一个可以拨出去的电话。而唯一的号码是许先生家的座机，我自卑地以为许先生并不会在意我的转学，就好像班上少了一个我并不会改变什么。唯一的好处是，他们少了一个竞争对手。

就那样，我一声不响地从许先生的世界里走了出去。

我以为这世界上是没有谁有义务在意另外一个人的，也没有谁无条件地惦记着谁。单独的个体并不存在捆绑，交集只是瞬间，而瞬间往往容易遗忘。

4

我一直说在认识许先生的十年里，我和他聚少离多。许先生不同意，说从来没有离开过，他一直一直都只认定着我，离开的只是物质层面，可在一起的是精神。

他说我俩是上辈子玉帝手底下作乱的两个神仙，因为贪恋人间情爱而被罚入凡尘，彼此折磨才能最终修成正果。我不置可否，也许世上真的有宿缘一说。

我转入市里念初三后，竞争压力瞬间减小了一大半。经过被许先生赶着学习的一年，到初三我就轻松了许多。中考之后，我虽然并没有考到最好的那个高中，可总归是进入了一所也是重点的高中。

我妈说我的性子欠磨，待在这里最好不过。

妈妈离婚后，以迅雷不及掩耳之势再婚。叔叔人很好，可我总有种寄人篱下的感觉，在家里并不怎么说话。好在两个大人都忙，也没怎么留意我。而我最开心的是开学后寄宿，可以住在学校一个月回一次家。

为此我还和妈妈吵过一架。妈妈无非是觉得就在市里干吗住学校，吃住都不方便，住家里就好多了。我自然是不愿意的，好说歹说后才说服了她，如愿入住了十二人一间的宿舍。

同样的开学典礼，同样的昏昏欲睡，可我却被台上那句“我叫许铭泽”的自我介绍惊醒到全身战栗。

许先生站在升旗台上，手里拿着白色的稿纸一字一句地代表新生发言。我站在两千多人的广场里边，伸长了脖子看他，满心都是激动与质疑。

散会后，我跑到分班红榜处找到许先生的班级，对照着后边的初中学校一看，才发现真的是他。那一刻，我突然很想很想大声尖叫着抱住身边每一个人。

我和许先生再一次成为校友。

我这才知道许先生是全免学费进入的这所高中，进来的成绩比第二名的中考总分高了四十分，是重点班的首席爱徒，全年级的重点保护对象。

这些统统都是从我同桌——一位以“八卦队长”著称的女生嘴里得知的。在听到她滔滔不绝地夸赞许先生时，我总有种自家菜园里的菜种得极好，外人赞不绝口而不知是我家时的窃喜感。嗯，就是那种比夸自己还要高兴的感觉。

从那时起，我就常常像个偷窥狂一般暗中关注着许先生。而我和他从没相认过，我是不知如何解释当年的不辞而别，而他恐怕并不知道这所几千人的学校里有个我。

像个暗恋的傻子一样，我偷偷地喜欢着他的一切。

许先生还是老样子，冷冰冰的不爱说话，成绩好，身边朋友多。同桌总是第一时间分享许先生的八卦，什么又拒绝了一个女生表白，在班上用一种超新奇方式解题难倒老师，语文不写作文也还是第一名，等等。

听多了，有时候我也会迟疑这还是当初那个教我做题的许先生吗？他这么厉害，我真的还可以追赶得上吗？

可所有的小心思还是被满满的喜欢给排挤掉，我是真的真的喜欢他，那一切又怎样？

高二分文理科时，许先生毫不意外地留在了理科重点班。在这所重理轻文的高中，文科的五个班和理科的十五个班形成了鲜明对比。

我读文的话，成绩可以排在前边一点儿，读理则被淹没在众多人群中，望不到出头之日。我想读理科，但遭到了全家人的反对，而作为外人的叔叔却极力支持。他和我妈苦口婆心地列举了一堆的好处，最终我妈松口说了一句“你别后悔”。

那是我人生中第一次做决定，而且是关于未来命运的决定。

递交表格上去的时候，班主任还反复问我好几遍“想清楚了吗”。

想清楚了，读文的话，我就算考得再好，也不能靠近许先生的世界，可读理就不一样。那样，我终究在他的世界里，并没走开。

文理分科后重新分班，许先生依旧在重点班，而我再一次被上天眷顾地分在了许先生隔壁教室的班里。两个班共语文、数学、英语老师，也就意味着两个班有兄弟班的意味。为此，我暗自高兴了许久。

高中并没有就这样暗恋下去，我和许先生的关系恢复是在元旦晚会那天。体育场乌压压地坐满了看节目的人，我边看节目边看隔壁班区域坐着的许先生。看到一半的时候，我发现许先生不见了。我起身偷偷溜出去，想着能够遇到就开口和他说话，遇不到就算了。

可才出体育馆的门，我就发现许先生穿着蓝色校服站在路灯下，背对着我。

那种感觉就好像你在茫茫沙漠想找水时，有个人就站在你身旁给你递过来一般。就是那么凑巧的出现，让你觉得冥冥之中一切自有定数。

“许铭泽。”

我开口叫道，慢慢朝他靠近。体育场的大灯打在我身后，把我的影子拉得老长，照到了他脚下。

那一刻我是忐忑的，我怕他不理我，怕他问我是谁，怕他漠然走掉当一切没发生。

可他只是回过头来冲我笑，淡淡地说了一句：“走吧，顾浅。”

“去哪儿？”

“饿了，带你去吃红豆面包、巧克力奶茶。”

后来我问他，为什么当时什么都没说就和我说话，正常人的表现不应该都是特别惊讶吗？为什么一切就好像没发生过，怎么做到的？

“因为你回来了，那两年就不算什么了。”

和许先生在一起后再聊到高中时候，我才知道，原来在同一所高中并不是所谓的缘分，而是他一早就知道了我的学校，估算了我的成绩会到哪里，他才在志愿上填了那里。他一早就知道我和他会是校友，也一早就知道我的班级。所以他不过是用一切在赌，赌我什么时候会开口，赌我会不会喜欢他。他说唯一没想到的事是我居然放弃文科读了理科，他说当时恨不得找我骂一顿，可是又有一种暗自高兴巴不得我读理的变态心理。

而那一年多，并不只是我在注意他，他记住的我的生活细节更多：比如，晚饭肯定不吃，因为打水很慢，下晚自习第一节课肯定会饿，去超市必买红豆面包和巧克力奶茶。爱看言情，什么小说、杂志统统不放过，总是很蠢萌却又装着没表情。

我所有的一切，他都知道、明白，且记在心里。

而我，后知后觉。

5

我和许先生的这十年的的确确是聚少离多，高二的关系缓和并没有让我们在一起。不过是两人变得更加默契，偶然的碰面，一个眼神交流就能明白彼此。下课的走廊上，他总是在作业本里夹着许许多多解题方法塞给我，在课桌里放着我爱吃的零食，默默地做着一切不为人知的事情，可彼此却心知肚明。

如果说那已经是恋爱了，可我们又没有开口说过一句“我喜欢你”。

可如果说那不是恋爱，彼此之间偷偷摸摸的行为又处处透着欢喜。

我想，当时的我并不认为那是恋爱，而许先生觉得是。

情人之间最大的矛盾在于彼此的误会，会错意是一种，不解释想要含糊的美又是一种。一方认为理所当然，在另一方眼中，也许就和今天食堂吃白菜一样正常。心意上的不沟通带来的问题就是，遇到大事时铁定出篓子。

我俩的篓子出在许先生身上。

进入高三后，许先生不知是在我俩的关系上耗费了太多精力，还是因本身的散漫，他的成绩退步到了年级十几，一次是偶然，两次是失误，三次以上就是惯性。

班主任谈话，年级主任谈话，就连家长都被请了过来。许先生都一副这再正常不过的态度，允诺下次一定考回去。可连着几次月考，许先生都没能考出让大家信服的成绩。

我同样焦虑。

焦虑的本身是我，可缘由却是许先生。我知道自己的成绩水平，哪怕放假狂上补习班，在学校有许先生开小灶，也只能勉强维持上个本科线。可我也明白，高考是关乎一生的大事。

所有的思虑堆砌起来，再加上许先生被请家长事发后，我就铁了心要断绝和许先生的来往。

当时我的心思是，两个人既然没在一起，不联系了就不联系了，大不了高考后再好好说明白就成。再一次，我自以为是的毛病犯了。

不理人的决心下了之后，我的态度变得格外强硬。头几次还摸不着北的许先生，渐渐地就明白了，不再找我了。

两个人又一次成了陌生人。

高考后，许先生考得很好，可他却没有去更好的学校，而是留在了 A 市。我的好运气再一次在关键时刻爆发，刚好上了一本线，却因为分数太低不好填报学校而去了 C 市。

而我曾经信誓旦旦地说，一定要留在 A 市。

得知许先生留在 A 市后，我一度自责。本来以为高考后就能说明白的误会，却成了我自责不愿面对的借口。

我一个人去了外地念书，谁都没告诉。

和许先生的联系，我以为可能就这样终止了，尽管我还没好好和他说一句喜欢。

读大学后，我只有春节才回家。暑假一个人不是在外旅游，就是去支教，我总觉得回家不过是要回去见见外婆，而其他的统统都只是一个住所罢了。

大一的春节，本来订好车票的我，却因为叔叔在 C 市出差而顺便一块儿搭车回来。春节我哪儿也没去，窝在外婆家过了一个安静、安稳的年。我的新手机号码没有任何以前的同学知道，社交网络更是玩得少。除了除夕那晚收到了一条匿名短信，祝我“新年快乐”。就四个字，极其简单地躺在收件箱里。我本打算回复一个“同乐”，最后也懒得发。

大二春节的时候订到票，我一个人坐上了火车回家，却在火车站遇到了许先生。

上大学后的许先生并没变多少，整个人仍旧冷冷清清的，站在那儿，让人忍不住多看两眼。彼时的我穿着红色的大棉袄，全身裹得严严实实的，拉着箱子站在人群里和他四目相对。

突然气氛就变得尴尬起来，我愣了半天，傻傻地冲他挥手说了一声：“嗨。”

许先生面无表情地走过来拎走我手上的箱子，我连忙追上去问他怎么在这里。

“来接人。”

“啊，你来接人就不用帮我提了，我自己打车回去就行，别耽误你的事。”

小狗腿一样的我立马想要从他手里抢过箱子，可无奈被他拎着快飞起来的箱子丝毫没有着力点。

“已经接到了。”

前面的他闷声回了我一句，带着一丝小孩子赌气的口吻。

我站在后边有点儿晕眩，鼻子不知道是被 A 市的冷空气冻到，还是被这莫名的话语酸到，竟然忍不住想哭。

“新开了重庆小面，去吃吗？”

前面的许先生似乎很无奈地叹了一口气，背对着我问，语气柔软得竟像是在倒酸水。我从后边走过去轻轻抱住他，像抱住整个太阳般地抱紧他，蹭着他的温暖，拼命地点了点头。

就这样，和许先生纠结了那么长的青春岁月，我们在大二的时候正式走在了一起。

大学里的我们异地，通常是他跑到 C 市来看我，再带我去玩儿。作为一个在 C 市读了四年大学的我来说，对 C 市的熟知程度恐怕还没许先生多。

许先生分不清东南西北，却死犟地每次出门都把地图研究透彻才肯出发。我爱玩，专挑没人的小径走，常常是两个人大眼瞪小眼地在一个陌生地方迷路，而往往距离目的地不过就两条街的距离。

许先生不爱吃辣，一碰辣就上吐下泻似中毒了一样。可是我却无辣不欢，每到一个地方必点最辣的吃，许先生埋怨我不体贴，我就努努嘴说你可以不吃。常常是他妥协陪我，渐渐地，他也对辣没那么大反应了。

许先生也不爱写字。我每到一处都会寄明信片，无奈字实在上不得台面，就只能拜托字写得一流的许先生代笔。许先生觉得这是情谊，不愿代笔，我就老拿情谊抵不过收藏重要来压他。久了，许先生就成了御用笔手，专门为我写字、誊书。

许先生话不多，却每到一处都会被不知名的小姑娘勾搭，有时是帮忙拍个照，有时是借张纸，更有甚者直接上来说留号码、请吃饭。这个时候，我往往就在旁边大叫：“哥哥好受欢迎，快找个嫂子带回家给妈看。”开始的时候他还会气得脸黑，到了后来，他索性装着格外严肃地对人说：“我俩是兄妹，可是就是喜欢，没办法只好躲着家里出来私奔，这辈子只爱她一个了。”

……

和许先生相聚的时光总是美好而又短暂，而分开的时间又总是矛盾重重，吵得不可开交。

我说轮回的玉帝老儿不放过我们，变着法地折磨我们，估计不到死不罢休。

他说，能这么闹腾他的，这世界上除了我，就再无第二人。

6

和许先生异地的三年，在毕业后终于结束。

我回到了 A 市，两人租了间小屋住一块儿，偶尔回家看望父母，平常便是上班、下班、回家。

我俩的目标是二十六岁结婚，二十七岁生宝宝，这一辈子相夫教子就此过完余生。

然而，计划往往赶不上变化。

临近年末的时候，外婆查出了胃癌晚期，生命进入倒计时。那时妈妈刚怀上孩子，她是高龄产妇，根本分不了心去照顾外婆。而乡下的那几个舅舅，却因为家产问题闹得不可开交，没有一个人出面照顾外婆。

我从小便是外婆带大的，感情极深。外婆出事后，我第一时间把工作辞了，全部的现金都拿了出来照顾外婆。每天医院、家里两点一线，我常常是到深夜才回家，睡几个小时又立马跑到医院陪着外婆。

那个时候，许先生的创业公司才上道，几个合伙人都是只出钱不出力的半吊子，许先生一个人运转着整个公司，也再没多余的精力分给我。可是他每日都会来医院接我回家，不管多累多忙，风雨无阻。

外婆不只是胃癌，之前患的老年痴呆现在更加严重了。她什么都不记得，只记得抓着我的手问我：“小浅呢，小浅呢？”有时候，许先生来的时候外婆没睡着，便会和外婆聊天。她叫我小浅，叫许先生小泽。

错乱的老人家常常分不清过去和现实，一会儿像个孩子一样大哭，一会儿又拉着你和你说小时候。我每次都觉得难过，以前有大把时间陪着外婆时，我没有。而如今的每一天都是倒数时，我才明白陪伴有多宝贵。

外婆又一次昏厥过去的那晚，我一个人坐在急救室外边，医生下病危通知书给我的时候我没哭，推出外婆告诉我这次熬了过去的时候我没哭，却在听到外婆悠悠地醒来说的第一句“小浅啊，我见不到你结婚的样子了吧”时，哭成了泪人。

第二天许先生来接我时，我神情恍惚到分不清真假现实，对着许先生说：“我俩结婚吧。”

在这个节骨点上提出结婚，其实根本不可能。我家这边一团糟，他家那边也好不到哪里去。两个人的状态也不稳定，我没工作，他才创业起步，根本没能力结婚。

“走吧，小浅，咱们结婚。”

可许先生说，走吧，他愿意娶我。

婚礼办得很仓促，已经瘦得不成样的外婆坐在首座看着我一步一步朝她走去，眼角笑弯了。来的人并不多，可每一位都是真心地祝福我们。许先生宣誓时，特别慎重严肃。

“我愿意！”

这三个字，我们用了十年才说完。

7

“大二那年，你怎么刚好在火车站外边等我啊？”

“你们学校放假就在那几天，我不知道你是哪天的票，只能去守着，守了三天才终于看到你出来。”

在微信里我和许先生聊着陈年旧事，以前的许多疑问都统统问了出来。看到这里时，我心头一暖。可随后又有一条消息过来。

“其实，大一时，我等了整整五天。我以为你会出现，后来才知道原来你坐了你叔叔的车回来。我当时就觉得造化弄人，连上天都不让我遇到你。我想着缘分如此，还是放弃吧。可大二那年，我还是去了。”

心里有个地方在慢慢决堤，我一直以为在我们彼此之间他都是掌握着主动权的那个。谁知道，原来一直自卑、犹豫、怀疑的那个人是许先生。

“鉴于你今天格外诚实地回答了诸多问题，晚饭除了焖牛腩外，你还想吃什么，给你加餐。”

“吃你……”

——End

许先生和外婆——朝花夕拾

1

再过几日便是鬼节了，以往每逢这时，外婆总是会絮叨着要去摘些艾叶，扯些枇杷叶刷洗干净挂在门上。最好还得杀一只乱叫的火红冠头的公鸡，熬上些淮山、白芍、枸杞给我们吃。老人家的说法是驱鬼，保子孙平安。

老人家信这些，我们这些小辈自然不敢拂了她的好意在一旁帮衬着。

通常我是插不上什么手的，折艾叶外婆伶俐，那么一掐就是一大把。掰枇杷叶则交给许先生，他身高绰绰有余。到我手头的活儿便只剩下刷洗枇杷叶的绒毛，过几次清水，沥干水后递给站在梯子上准备挂上去的许先生。

外婆每每看着许先生笑，露出一口假牙，唤他小泽。

“小泽啊，这边再高儿点，再朝左边过去点儿。哎哟，小心呐，别摔着了。”

她关心起许先生来，连我个亲外孙女都只能靠边站。我背地里吃味，挤眉弄眼地冲许先生说：“下次可不带你回外婆家了，再来几次外婆估计都不知道我叫什么了。”

“因为外婆疼你，所以才会喜欢我啊。”他哭笑不得地搂着我说道。

如此三言两语便化解了我心头的小醋意，想来也只有许先生办得到。

可今年，外婆不在了。

家里就我一个人闲着，吃完晚饭后和许先生商量想回乡下住。许先生在书房闷声不说话，房间里突然就安静了下来。

“是不是我经常出差让你觉得挺孤单？”

熟悉的气息从背后涌入，屋内的温度适宜，穿着无袖背心的我就这样被许先生抱在了怀里。他伏在我的脖颈处吐气，像孩子般呢喃着问我。

我低头不说话，玩着他环住我腰间的手。许先生的手指修长，关节间也不像其他男生般粗壮，右手中指有细细的茧，那是他常年写字而留下的。他的掌心温暖，我把他的手掌撑开，十指相握地把我的手放进他手心，像完成了某种仪式般地紧紧攥住，靠在了他胸前。

“没，只是有点儿想外婆。”

我的语气有点儿泛酸，鼻头也酸溜溜得难受，索性闭上了眼贪恋这身边无穷尽的温暖。

2

外婆是个小学教师。

在那个年代里，人民教师是一个无比光荣崇高的职业。这意味着吃国家粮，意味着这是一个有身份、有文化的家庭。

后来，外婆因为超生而被革了人民教师的职，彻底成了一名普通的农民。可她骨子里的那严格律己、较真、说一不二的脾气却丝毫没有改变。

可能是因为有其母必有其女，我妈把外婆的脾气继承得完好无缺，还有那股倔劲儿也没落下。

年轻时的妈妈很漂亮，在厂里有众多追求者。外婆时常担心这打小就不听话的女儿野了性子，在一众工人里面吃亏，于是在妈妈十八岁那年，外婆就严厉要求她回家，老老实实学裁缝。妈妈当时哪里会听，回家的时候直接指着肚子说："这里边有你未来的外孙，你看着办吧。"

她一句话，气得外婆血往脑门顶，直接昏了过去。

妈妈因为想反抗外婆，和厂里一个不起眼儿的工人在一块儿了，还怀孕了。那个不起眼儿的工人就是我爸，而我妈和我爸的这段婚姻注定一开始就不被祝福。

十八岁的妈妈自己还是个没长大的孩子，更不懂什么初为人母。当时外婆已经和妈妈划清界限，可终究不忍心看着女儿一家受苦。于是，外婆摆摆手，便把我接了过去。

很小的时候我就明白，我的这个家庭和别人家不太一样。别人家的小孩儿都有爸爸妈妈，而我只有外婆。别人家的小孩儿都可以撒娇，让家里大人买一根冰棍吃，可我只有空落落的宅子，和忙碌在菜园里的外婆。

是的，一栋老宅子从记事起便只有外婆和我住着。

外婆住在一楼大厅旁的小侧房，房间不朝阳，常年阴冷，凉飕飕的。屋内有一张原木大床，是有帷幔那种，夏天便挂着泛黄的蚊帐，冬天则被外婆擦干净露出原本的深红颜色。大床的正对面是一张高脚桌，和床一样的颜色，不过掉漆比较厉害，后来便只剩下深褐色的木头颜色。跟家具匹配的还有一张两米高的柜子，立在卧房正中央。锁也是那种长钥匙套进去，咔嗒一声往上一提抵着柜门打开的样式。别的，便是一个衣帽架和几张椅子，除此之外，再无其他。

第一次带许先生回家时，记得他当时看到外婆的房间都以为穿越回了某个朝代，惊讶地晚上不断问我祖上是不是什么乡绅地主。

其实，不过都是外婆的喜好罢了。

因为外婆以前是小学教师，所以从很小开始，外婆便会把我叫到院子里背古诗，从“白日依山尽”背到“无言独上西楼，月如钩”。唐诗背完接着便是宋词，背不出便让我坐在书桌前抄写。

于是，常常是别的小伙伴一放学就立马去玩儿，我则背着书包慢慢踱着步子回顾今晚该背哪篇古诗词。

会背古诗词并不会为我加分，我从小学起成绩就只能维持中等。好在外婆并没觉得成绩好是必需的事情，懂礼貌、明事理、有文化是外婆从小灌输给我的思想，我的性子也不争强，竟也这样一路在学校里摸爬滚打过来了。

可是，会背古诗词尽管没为我带来好成绩，却让我有了一丝属于自己的骄傲。

3

初二的时候和许先生同班，我俩隔着一个过道当“同桌”。

当时因为我写的作文很有灵性，被语文老师夸奖有大家之风，亲自点名让我做了语文课代表。从小到大当了七年群众的我，居然会有朝一日被老师钦点成为一个班干部。尽管只是一个课代表，可这着实让我私底下开心了许久。

语文课代表除了负责收发作业之外，还有一项重任便是督促大家每天早自习完成背诵课文任务。

大致模式是班上同学分组，分别到小组长那儿背，小组长到我这里背，我和小组长交换背。一周大概有三次任务，周五将未完成任务的人名单交给语文老师，他再组织留校背诵。

可能是因为重点班，对于背诵这种基本任务，大家都会早早便完成。可周五晚上的时候，整个教室便只剩下许先生和我大眼瞪小眼。

当时我俩连话都没说过几句，我一直把他当成高冷的学霸，他估计也没把我放在眼里。

他软绵绵地趴在桌上，一点儿不着急地挑着眼看我。我站在他面前不知道怎么开口，心里暗自嘀咕成绩那么好，怎么几篇文章就背不出来。

末了，估计是我的心理动作太过入迷，不经意间那个白眼就从我脸上翻了出来。

“我背不出来。”

他直直地看着我，双眼带着蔑视，斩钉截铁、一字一句地说他背不出来。

“怎么会背不出来呢？这篇很简单啊。”

我拿着语文书放在他面前，语气柔和地试图劝服他好好配合。

“顾浅同学！这篇可不是所谓的七言律诗，一百字以内就可以搞定的。它可是三百二十个字，是东晋大诗人陶渊明写的《桃花源记》！你和我说它简单！”

“对啊，它是简单，相对于三角形推论，我觉得它比较简单。”

我睁大眼睛，一派天真无邪地看着他，许先生遂败。

于是乎那天晚上，许先生整整被逼着重复了无数遍：“晋太元中，武陵人捕鱼为业，缘溪行，忘路之远近，忽逢桃花林……”

许先生的死穴便是——语文。

而我的强项刚好就是它，正所谓一物降一物，也不知道是不是只有这样的两人才能走得最长久。而这件事对许先生的影响，一直持续到高三毕业，他都对背古诗词留下了心理阴影。

可那天傍晚，他趴在桌上以撒娇的口吻问“‘自云先是避秦时之乱’后一句是什么？是什么嘛？”时，我在心里说了无数遍的下一句，现在想来很是动人。

“率妻子邑人来此绝境，不复出焉。”

许先生后来还饶有兴趣地问过我还记不记得这事，我翻白眼说一篇《桃花源记》背不出而被留校这种糗事很难忘记吧。他笑得有点儿狡黠地继续问：“你难道不觉得奇怪，为什么那晚我就是背不出那后一句吗？”

我一头雾水地问：“为什么？”

他却只是笑笑不再回答，我想我懂，可直到后来在他的字帖中看到他写的那句话，才明白那后一句的意思我懂得不齐全。

他写道：

“来此绝境，不复出焉，有何不可？”

4

起身去乡下那天，我看着后备厢哭笑不得。三个箱子整齐地码着，还有一个行李箱，满满四大箱的行李。

我坐在副驾驶，颇无奈地看着身旁已化身为管家婆的许某。

“只不过是去乡下住一段时间，你弄成这样一副快搬家的架势，是要干吗？”

许先生没搭话，专心地看着前边。

我有点儿恼，要去住的人是我又不是你，你什么都要管就算了，最后拾掇出这么多根本用不到的东西是要干吗，而且还摆脸色，我气不过，别过身看着窗外不理他。

不一会儿，车里放起了歌，是周杰伦的《回到过去》。听到这首歌，我的心一下子就软了。

和许先生之间有个不成文的规定，吵架也好，生气也好，只要一方放了周杰伦的这首歌，另一方就不能再吵下去或者生气。

这条规定，是我定的，却是许先生的由来。

大二那年寒假我们正式在一起了，没有鲜花，没有深情表白，就是一个拥抱结束了彼此纠葛的那几年。

都是第一次恋爱，我们小心翼翼地躲着家长，像是回到高中时代。那时许先生一家早搬来了市里，我在城西，他在城东。那时还没有地铁，两块钱的公交坐上两小时才能见一面。

正所谓，我想你了，就翻过几座山，趟过几条河，去见你。

我俩不敢在家附近溜达，想回高中看看，又怕许先生太出名被老师认出来调侃。我们经常约会的地点是我转学后的初中。

从后门矮墙爬进去，是许先生教我的。

学校侧门的过桥米线可以四块钱吃到撑，也是许先生告诉我的。

甚至学校收发室旁边的那间小教室，就是被老师们偷偷扣留学生信件的场所，许先生也都了解。

记得当时我一脸惊讶地问他怎么对我的初中比我还熟悉时，他一脸不屑地说："这有什么难的，多来几次就知道了呀。"

可我没问出那句："你为什么会多来几次？"

我俩的第一次牵手就是在这所我生活了一年却还没许先生清楚了解的中学田径场。

初冬的气温不算低，我裹着红围巾，双手插兜，跟在许先生身侧溜圈儿，听他给我讲他们学校里那些古怪的教授，讲那位秃顶的物理老师教他们看手相。

"我给你看个手相，来。"

他一本正经地停下来对我说，我仰头看着他。阳光暖暖地照着他，好像在发光。手不受控制地就从兜里拿出来，摊开，掌心朝上摆在半空中。

谁知道他一把抓过，装着无比自然娴熟地握住，又有点儿呆滞地放下，慢慢转动手掌终以十指相握。

"一看就知道，命里缺我。"

他故作轻松地朝前走，用一副理所当然的口吻说道。

我与他十指紧握，源源不断的温暖从他的掌心传输过来。我抿着嘴想要掩藏住心里那些快要溢出来的幸福泡泡，手指慢慢地贴合着他的手掌。

一高一低的我们就那样牵着手，一圈一圈地围着中学小小的田径场走着。那天的许先生格外的话多，一路不停地给我说着趣事。末了，他竟然给我唱起了歌，本来是轻轻哼着的曲调，到最后就变成了一字一句明朗的清唱。他唱的就是周杰伦这首《回到过去》。

许先生有一副好嗓子，把念字拖沓的周氏情歌唱出几许清透的韵味来。我不是第一次听他唱歌，却是第一次在这首歌里听出了一股不一样的东西。

他唱“想回到过去，试着抱你在怀里，羞怯的脸带有一点儿稚气，想看你看的世界，想在你梦的画面，只要靠在一起就能感觉甜蜜”时，牵着我的手，脸上是如愿的满足感。

那一刻，我突然觉得他说的是对的。

我的命里，也许缺的就是他。

后来我便和他说若吵架生气了，这首歌就是我们和好的信号。

此时此刻，车厢里周杰伦独有的嗓音一遍一遍地唱着这首再熟悉不过的歌。没有开口说话的两人，气氛变得有些尴尬起来。

我突然觉得这气生得挺没缘由，正打算开口时，驾驶座的许先生先打破了僵局。

“你别赌气了，东西虽然多了些，可终究都用得上。你住在老宅子里，齐备些总是好的。我刚刚是在气我自己，你心里不好受想回乡下住，我这么忙还不能陪你，又担心你一个人住，怕出事，怕自己控制不住情绪，开口就想让你别回去了。小浅，你别气了。”

鼻头一酸，我的眼泪差点儿就掉下来了。

我本来是想着七月半回乡下，可以陪陪在另一个世界的外婆。这个世界上最爱我的人不在了，没人会在那天炖鸡给我吃，叫我“小浅，小浅，七月半别出门”。

可是现在，世界上最爱我的人在我身旁，他也叫我小浅，爱我如生命。

5

带许先生回外婆家是在大三那年暑假，正好赶着的日子是鬼节。

许先生到家后丝毫没把自己当外人，手脚麻利地跟着外婆忙前忙后。而外婆竟然也丝毫没把他当外人，使唤起来比对我这个外孙女还勤快。

饭桌上，外婆斜着眼看着我俩，用难得的古怪口气问我是不是小男友。我正吃着饭，结果被这句话噎到，许先生倒无比自然地在我旁边帮我顺气，外婆起身给我去端水。

我正思量着这话该怎么回时，外婆倒冲许先生说了一句让我喷水的话。

“你追我家小浅也有些年头了，现在在一起外婆不反对。”

外婆语气和蔼得像是奶奶和孙子的谈话，而饭桌对面的许先生竟然没脸红，而是有点儿庄重地点了点头。

我这个当事人一头雾水，纳闷外婆怎么会知道许先生，而他俩的谈话、相处竟像是认识许久，丝毫不是生人见面的客套。

后来我才知道，许先生原来和外婆有过故事。

高一的时候，我因为食物过敏全身长满了小红斑，整个人像是中毒了一般难看。我被带着去大医院检查，却只能被诊断为食物过敏引发的皮肤性红斑，拿了一堆药擦，却怎么都消不了红斑。

外婆看不下去，把我从妈妈家接回了乡下，给我熬中药泡澡消红斑。那段时间，我没去上课，和班主任打了个电话请假，便在乡下住着，整日泡在大木桶里洗乌漆墨黑的药汁澡。

可是皮肤上的红斑还是消退得很慢。饮食被严格地控制，除了青菜就是豆腐，其他一概都禁止吃。整个人散发着古怪的药味，还面黄肌瘦得可怕。

外婆四处寻找偏方为我治病，后来不知在哪儿找了一张药方，说是可以治好这红斑病。可是辗转了很多地方，却始终因为一味毒蟾蜍的药而没法熬出来。拖了几日，在外婆都打算放弃时，那个有偏方的赤脚医生却把这味药给送了过来。

按照这个药方熬好药汁洗澡后，我身上的红斑竟然神奇般地慢慢消退，不出一周便好了八九。当时全家都感谢那位赤脚医生，觉得何其幸运能够凑齐药单治好这怪病。

我也觉得我是傻人有傻福，才能够把这食物过敏的红斑治好。

可外婆后来告诉我，那味药是有人特意去找的。

而找药的人，就是许先生。

许先生家是祖传的医药世家，不过到了他爸爸这辈就没有继承中医，而是学了西医。爷爷是远近闻名的中医，从小许先生便对这些药材无比熟悉。

当时的他打听到我生的这怪病，竟然自己琢磨医书找到了毒蟾蜍。找到后，他不好意思亲自送来，于是只能送给了那赤脚医生。

外婆当时觉得蹊跷，怎么会如此巧合，便和那医生打听。最后知道是自家外孙女的同学为她找到的，她惊讶得说不出话来。到了这个份儿上，外婆就猜到了七八分。

后来许先生应该是单独来过几次，被外婆发现后，两人还应该进行过某种谈话。而这谈话内容，我就不得而知了。

事已至此，我才知晓许先生和外婆背着我还藏了一个属于他俩的秘密。

6

我也有个秘密。

大三那次过后，我和许先生回家的频率便多了起来。原本是和外婆两个人的宅子，现如今只多了一个人，却多了许多生气。

以往食不语的规定，慢慢地变成我和许先生在饭桌上斗嘴，外婆在一旁笑。饭后三人围着湖散步，我蹦跶爱玩，许先生和外婆则慢悠悠地看落日。我气恼地说，外婆和许先生亲，外婆只顾笑，许先生也是。

许先生的到来，让原本话不多的外婆竟变得可爱起来。

外婆视力不好，许先生便耐着性子陪她坐在院子里读书。他嗓音醇厚，一板一眼地给外婆念。外婆常常像个孩子一般，书里不理解的地方一遍一遍问着为什么，许先生都会很仔细地给她讲解，模样认真得让人看了很想嫁给他。

外婆叫许先生小泽，许是因为叫我小浅的缘故。

记得许先生曾问我说，为什么我妈妈他们都是叫我浅浅，而唯独外婆叫的是小浅。我想，大概是因为只有外婆觉得我不用长大吧。

所以，家里经常发生这样的对话：

许先生才出屋里五分钟不到，外婆便会直着嗓子叫唤："小泽，小泽。"

院子里的许先生便会立马应答："在呢，在呢。"

屋内的外婆听到后，便会看着我会心一笑。

可是过不了三分钟，若许先生没进屋，她便又开始叫着"小泽，小泽"。

如此不厌其烦的对话，许先生竟然没有觉得烦过。

许先生也许不懂外婆这是为什么，可是我每次看到的时候都会觉得很窝心。

外婆这是在回忆外公呢。

在我小时候，外婆一个人坐在屋里常常就会自言自语，念叨着外公的名字，一遍又一遍。那时的她，看不出一丝严厉与严谨的姿态，全身被柔和笼罩，像个普通的爱意正浓的妻子。

念叨的话通常是这几句：

"世明啊，以前你老喜欢躺在床上叫我名字。我在外头忙，常常丢下活儿跑进屋里看你。以为你又要解手，不舒服，可你什么事都没有，每次叫完我只是笑。后来，我就不进屋了。你叫我一声，我便答一声。你也不生气，看着我也只是笑。

“我便问啊：‘你又没事老叫我干吗呀？’

“你说呀：‘没事，就是想知道你在身边。’

“老夫老妻了，说这话还真是酸。可世明哪，你都好久没叫过我了。”

常常说到这儿，外婆便会止住。她的眼眶里缀着泪光，却始终没有流下来过。

而如今，外婆一遍一遍叫着“小泽”，屋外的他应“在呢”。

许先生不知道，他的一声“在呢”，饱含着的是多少情啊。

7

到家的时候，已经是下午。院子开了锁，屋子也被打扫了一遍。应该是舅舅他们回来收拾的，我不禁对外婆的这几个儿子有了一丝欣慰。

许先生帮我把东西搬进屋，我收拾着屋内的东西，把香烛供品拿出来摆在厅里。许先生弄完之后，点了一炷香朝着外婆遗像叩了叩。

我担心他晚上开车危险，催促他早点儿走，他有点儿不舍，迟迟没有起身。

“我没事，就住几晚而已，舅舅他们也在附近呢，别担心。”

我安慰他，可他显然不想理会我的话。他拿出手机出门打了个电话，再回来的时候已经是笑着冲我说：“公司的事交给他们了，我想陪陪你和外婆。”

我只能无奈地笑，倔起来的许先生可爱得让人无可奈何。摇摇头，我只好让他由着性子来。

晚上睡觉的时候，我一直无法入睡。身侧的许先生许是太累，早早便入了梦乡。

过了好一会儿，他突然抱住我，像个孩子一般地把脑袋埋在我的脖子上，低低地一遍又一遍地叫我的名字。

“小浅，小浅。”

我当他在梦呓，轻声安抚他说：“我在呢，我在呢。”

他这才慢慢地放松了手里的力度，又睡了过去。

第二天早起的时候，我在院子里清扫卫生。许先生在里屋整理旧物，时不时便会在里面问我：“小浅，这个遥控器在哪儿啊？”

“柜子第二层。”

过了不到三分钟，他便又会开口：

“小浅，小浅，这个书架上的珊瑚哪儿去了？”

“你上次不是拿回家了吗？”

我在外头无奈应答。

“小浅，小浅……”

许先生又开口的时候，我站在门口拿着扫帚看着他，斜着脑袋一脸“你还有什么事”的表情。

他拿着外婆的旧书看着我，露出一个超级温暖的笑，开口道：

“没事，就是想叫叫你，知道你在。”

那一刻，我突然感觉我们像已经走过了很多年、很多年的老夫妻。

许先生的立夏书

1

在夏天快要过去的尾声里，我婉拒了前公司挽留我的提议，找了一家不甚起眼儿的杂志社做文字编辑。小半年后重新上班，让我觉得一切都挺新鲜，像个刚出大学校门的年轻人般，处处都欢喜得很。

周末去妈妈家吃饭，因许先生加班我便一个人拎着水果、牛奶过去。和妈妈聊起新工作的事，她一脸的惊讶，放下孩子便和我说：

“浅浅，虽说你现在嫁人了，可怎么还像个孩子？妈妈从小就和你说，女人干什么都不能太依靠男人，得有自己的事业。你不说事业吧，起码得有一份体面的工作吧。你现在待在那个小杂志社，比前公司低了多少个档次你自己清楚。铭泽是个好男人，可再好也是人心啊，人心是会变的。”

“他不会变。”

我一边逗着这个和我差了挺多岁的弟弟，一边笃定地回道。

“浅浅，话可不能说得太满。你那工作要喜欢先干着也成，到时候妈妈再给你看看有没有更好的单位，你再调回来。来啦，宝宝，妈妈抱，让姐姐吃饭。”

她前一秒还厉声严肃的脸，转到孩子身上时就处处透着母爱。妈妈的性子好强，年轻时在男人身上又吃过不少亏，自然是说什么都是为我好。

我都明白，可就是不愿意去改变。好像，我待在许先生身边被养成了一只宠物，还是那种只会吃不用想事的。

有什么办法呢？我好像无计可施。

我从妈妈家出来时，离许先生下班还有段时间。他在微信里断断续续地给我发消息说，待在妈妈家他下班来接就好，可我不愿等着，也没告诉他。自己从家里出来，我慢慢散着步想去许先生公司楼下坐坐。

我很少问及许先生工作上的事，只知道是一家游戏公司，而这还是许先生曾拿着一款游戏回家叫我一块儿玩儿，问我体验时，我才知道这是他们公司研发的。

提起那款游戏我倒觉得挺有意思，大概玩法是你可以选择人物，都是很普通的男生和女生的造型，从新手不断地杀怪升级。每次遇到的怪兽都是和恋爱相关的场景衍生的，每次升级就是不断积累恋爱经验，有卷轴给你读取。到了一定阶段，你可以在游戏里和其他玩家组队，而这个组队也是得靠双方消灭途中出现的众多怪兽，组队后又有新的怪兽要打，会解锁更多场景。

简而言之，就是在游戏里教会大家恋爱规则，把恋爱当作打怪升级，把作战经验变成恋爱技巧。我刚玩的时候笨手笨脚，后来竟觉得有趣极了。这对于情商、智商双低的我而言，不亚于一个学习平台。

许先生不知为何倒有些不愉快，抢过电脑后说这款游戏还不行，暂时不开放。正在兴头上的我纳闷地问："为什么呀？这世界上不懂恋爱的人太多了，玩了这个游戏大家就都知道怎么去谈恋爱啊。"

"可我们本来的目的是为了让大家明白作战的本质是去解放自由的，而不是积累经验要去占有。我们没有引导却反而误导了玩家对于恋爱的体验，这是款不成熟的游戏。"

后来，我就再没见过这款游戏的影子。我倒是心心念念了许久，难得有我玩得来又觉得有趣的游戏，和许先生说完后，他甩给我一句：

"'汤姆猫'你都可以玩一下午，'俄罗斯方块'你能玩一个月，'保卫萝卜'都玩到了现在。小浅，游戏对于你真的够多了。"

于是，我再没在许先生面前提过"游戏"二字，那个月的碗也因为他嘲笑我而归他洗。

到许先生公司楼下后，我估摸着离他下班还有段时间，就坐到楼下一家咖啡店等他下班。看菜单时，手机叮咚了一声，是许先生发过来的微信消息：

"我现在在开会，等会儿下班去接你。"

我抬头笑着和服务员确认了一下点的咖啡，服务员刚转身而我正准备给他回复消息时，在视野的正对面，看到本应该在开会的许先生此刻正坐在咖啡馆和一个女生喝咖啡。

我嘴角的笑还僵着，脑子里嗡嗡回响着妈妈那句"人心都是会变的"。

再仔细看看许先生对面坐着的女生后，我只觉得天旋地转，打了我一个措手不及——高晓丽，很久远却很清晰的记忆。

2

高晓丽，初二同班同学兼那个时候所有人公认的我最好的朋友。

对于我而言，其实很大程度上对“朋友”的定义很含糊。记得初三毕业时，全年级流行写回忆录。每个人都买了厚厚一册子，里面有各色可活动的纸。拥有者遇到一个同学便给他拆开一张，叮嘱他好好写，到时候来收。就这样一个可以说是浪费时间、精力的事，所有人却都乐此不疲。

不善外交如我般的同学一般不会买，因为买了也不知道递给谁，学校这么大，交心的实在太少。那个时候，我就在想，他们所谓的朋友、所谓的要走一辈子的诺言的意义在哪儿?

也许正因为这样，我几乎没有朋友。

高晓丽是我的朋友，如果朋友的定义是有时间阶段的话，那她只属于初二的那个阶段。

有人天生就是出类拔萃、让人过目不忘的，比如许先生，比如人美成绩好的高晓丽。后来我见过很多闪着光的人，他们或是胆识过人，或是阅历广泛，可那些都不会被记住。而年少时便被惊艳到的人，是穷极一生都不会忘记的。高晓丽便是在那个年纪惊艳到所有人的姑娘。

她是学校老师的女儿，不像其他教师子女那般刁蛮任性，为人很谦和，行为、举止都很温婉，拥有不像十四五岁年纪该有的气质。

在初一元旦晚会上，她表演的古筝让全校人记住了她，当时的副校长还点评说："晓丽的表演，人和古筝往那一放就是一幅画，琴声一起，那便是艺术啊。"

这样一个镀着金子般发光的人，初二的时候竟然和我成了朋友。

我不是一个有存在感的人，从小便这样。要不是初二当了语文课代表，我想全班人能够记住我的，估计只有每次排名出来时，因为最靠后的那几名里有个叫顾浅的家伙。

那时的班长是高晓丽，许先生是个挂牌副班长，从来不管事。可高晓丽还是事无巨细都会过来和他商量，许先生那个时候在学生会也忙，根本没时间管班里的事，大手一挥，指着我冲高晓丽说："以后有事，我不在和她说一样。"

我和高晓丽大小瞪小眼地看着他，许先生什么都没解释就走了。我有点儿尴尬地冲高晓丽笑了笑，原本以为许先生这样做太不给她面子，她估计要生气的。谁知道，她当作什么事都没发生地回了我一个特别灿烂的笑，然后无比自然地坐在许先生的座位上，开始和我说班上接下来要办的事。

就这样，我莫名其妙地成了许先生的小助理，专门转达高晓丽的意思。汇报情况时，活灵活现一个小狗腿，偏偏我还什么怨、什么气都不敢撒。

没过多久，我和高晓丽的关系就好了起来。

上厕所的时候她会叫我，吃午饭也会约我一起，上体育课也会挽着我坐在篮球场旁看班里男生打球，就连有时周五留校监督背课文的同学，她也会一块儿留下。而这些，落在旁人眼中，就成了"好朋友"的标签。

是好朋友吗？我并不确定，因为我们除了正常的谈话之外，从未聊过任何私人话题。我俩都属于不热衷八卦的人，我属于懒于社交不开口的，她则是圆滑交际、谨言慎行的那类，所能聊的话题很有限。不过是日常活动有了个伴儿，而这个伴儿随时可以被任何甲乙丙取代，并不具备长久存在的意义。可所有人都说，我俩是好朋友。

而我们都心知肚明，这并不是所谓的好朋友。

3

手机响起来的时候，思绪还在从前，搅咖啡的手还没来得及反应，手忙脚乱地想摁掉电话时，却把杯子碰倒了，我惊呼一声从沙发上跳起来以躲开洒在桌上的咖啡。

服务员听到声响立马赶了过来，全咖啡厅的人纷纷朝我这边看。我的脸一阵一阵地火辣，只能低着头在心里祈祷许先生没看见我，尴尬的瞬间，突然很理解说出“地上如果有道缝就一定钻进去”的那位仁兄。现在哪里管是不是缝，哪怕有个洞，我都会钻。

尴尬地冲打扫的服务员哈腰说完“抱歉”，我突然感觉到身侧有一股强大的气压逼近。

“不好意思，我老婆一直这样笨手笨脚，劳烦你们了。”

果然，许先生还是赶了过来，替我救场。

说罢他便拉着我准备走，我顿住看着他，怯怯地开口说：“手机还在桌上，好像被泡了咖啡。”他扬了下眉，这是对我无奈的表情。然后他松开我，走过去拎起被我遗忘在桌上难逃一劫的可怜的手机，用纸擦干了水渍。他左手拿着我的包和手机，右手挽过我的腰，稍用力地把我推到了他们那桌。

我还在想着怎么开口解释自己在这儿，对面的高晓丽先开了口。

“好久不见，顾浅。”

“好久不见。”

的确有很久没见，自从初三转学后，我和她便没了联系。不过，以她的才情只会把日子过得越来越好，而不会像我一样过得乱七八糟。

许久未曾见过旧友的我，此刻心中不知为何有了一丝自卑。我努力微笑不让自己低头，双手却放在桌下搅动着 T 恤上的流苏。

看着高晓丽的时候，我才明白有些人也许天生就适合“精致”二字，不管是年轻还是老去，精致就像是她们的骨头、血肉一般，都是和灵魂连在一起而不会分开的。她妆容精致，下午五点的妆丝毫看不出脏。栗色的卷发也不毛糙，她每周护理肯定特别勤快，才会让它们如此光泽美丽。很普通的黑色连衣裙，穿在旁人身上不是奔丧，就是要流浪，偏偏她就能穿出一股禁欲大气。

反观自己，出门除了描的眉，中分直发便很随意地散着在后背。流苏 T 恤和牛仔短裤，我和大学时随意出门吃烧烤的同学没什么两样。

一下就被比了下去，我垂下眼，扫过桌上玻璃反射出的身旁的许先生。

“他俩可真像一对金童玉女啊！”我脑中竟飘出一句当年同学们开玩笑时说的一句话。只要他俩站在一块儿，周围的人总是自然而然地把他俩配成一对。

而如今，身旁的许先生穿着西装，系着早上出门时我替他打的领带，英气逼人。看得我竟有了一丝恍惚，觉得身旁的他真的是我拥有的那位许先生吗？

我蹂躏衣服流苏的手，突然被一只大手握住，并紧紧地包住。我侧过脸看他，带着一丝迷糊。许先生装着没事一般，看着对面的高晓丽说：

“小浅挺喜欢吃这家店的蛋糕，待会儿让她给你推荐一款。你俩这么久没见，肯定也有话聊，我先上楼和他们商量一下你说的合作细节，若有进一步意向我们会联系贵公司。”

起身走的时候，许先生俯身在我耳畔说了一句：

“你今天眉毛的颜色，我很喜欢。”

我的脸一点点变得红了起来，原本以为从来不会注意我妆容的许先生，竟然连我换了眉粉都看出来了。我心里的那一丝不开心，瞬间便被巨大的温暖填满。

看着慢慢朝外走的许先生，走到门口时又回头看，他指着手表示意我等他，像个孩子一样给了我一个飞吻。

“扑哧。”我被他逗乐笑出了声，笑着点头告诉他收到。

“你俩感情可真好！”

对面的高晓丽突然开了口，我才反应过来对面坐着的是一个认识却完全陌生的人。她这句话说得竟有了几分落寞，我一时不知该如何接口，干笑了几下，没有应答。

“顾浅，这么多年你还真是老样子，什么都没变呀。”

4

端着杯子喝咖啡的高晓丽，一下子就像是脱下兔子外套变回真身的大灰狼，不显山不露水地褪下了伪装，选择了真实。她好看的眉眼，也带上了一丝邪魅。

“还是那种就算对某事有了怀疑、察觉出了奇怪但仍旧选择保持沉默的脾性。”

说出这句话的高晓丽，不知为何一下子就让我没了恐惧。要说最开始，我被她的气场压得有点儿喘不过气，这一刻倒呼吸自如、毫不畏惧。

“所以，碰到我，你就藏不住了吗？”

“呵，顾浅，我一直想藏的就不是你，还怕你见到我的真？”

高晓丽冷笑了一声。

“你想藏的，和你不怕用真的，很不幸现在成了‘我们’。”

我盯着高晓丽一字一句说道，有个叫战斗力的东西被燃起。

对面的她突然就笑了起来，而这笑不具备任何攻击力，恢复了那个所有人眼中的“高晓丽”式笑容。可这次，我有点儿辨不出真假。

“现在看来，输在顾浅你的手里也不是没道理嘛。”

之前那个带着挑衅的高晓丽瞬间消失，幻化成了这个笑容温甜、眉眼弯弯的女生。

我有点儿懵，呆呆地看着她。

“顾浅，我以前一直想啊，许铭泽这么优秀，他未来的老婆得有多厉害啊，才会让他连我都看不上。现在我算明白了，一个家庭里优秀的也许一个就够了，两个没准就嫌多。你别生气，刚刚就当我和你开个玩笑，毕竟你的老公太优秀，惦记的人总归有不满，就想借着莫须有的由头发泄发泄。”

高晓丽在桌上伸出手来，抓着我的双手，脸上流露出可怜兮兮的表情，用卖萌的语气冲我说道。

原本以为是一场恶战的我，战斗力的小宇宙都已经擦起了火石，就等着燃烧。谁知道老天倾盆来了场雨，把我给浇得蒙头转向，没了辨别力。那些原本因战斗力而激发的语言能力，也消失不见，只剩下“没关系，没关系”的干瘪的口语词。

“太久没见到老朋友，还是我苦苦暗恋那么久的男生的老婆，你要不嫌烦就当听个故事消磨时间，好吗？”

“嗯嗯。”我点头。

听一个“情敌”给我讲故事，这种事说出去估计都没什么人会相信吧。可我愿意听，我想看看别人眼中的许先生是什么样的。

“认识许铭泽是在初一，他那时有多厉害你也知道的。开学典礼讲话，我是主持人，要和他串词，他心不在焉地说着‘好’，念稿子的时候却完全不按照路数走。十五分钟的时间被他三分钟念完搞定，后边的安排也被打乱。当时我就暗暗想，这家伙当自己是谁啊，也太把自己当回事了吧。

“后来，我发现他稳坐年级第一，学生会干部，班长，数学、英语竞赛都是一等奖，还会打篮球，这人简直全方位无死角啊。慢慢地就越关注越喜欢，我打赌当时全年级的女生肯定都喜欢他。”

听到这儿，我暗暗在心里笑着回答说："他的死角是语文，初一的时候也不是全年级女生都喜欢他，我那时都记不全他的名字呢。"可是，听到旁人夸许先生，我心里就有种特别骄傲的成就感。

"嗯，你说的都是我老公。"

"我学习成绩其实一般，不过是学校老师经常给开小灶补课才好起来。初二的时候，我在重点班，和许铭泽同班。可他的臭脾气好像一直没改过，不当班长，不双坐，不背书，不写作业，什么能反抗老师的行为他都干过。我发现很少有人能和他说上话，我只能靠着商量班级事务和他说几句却还被他一脸嫌弃。可对你却好像不一样，他会在卫生委员给你安排难弄的包干区卫生时出声说让他来，会在班干部开会讨论评奖时推荐你，会给你讲题，会去你那儿背书。

"也许是天蝎座天生敏感吧，这些细枝末节旁人发现不了，我却都能察觉到。所以在他说有事和你商量时，我真的不生气，反而觉得这是个机会。他注意不到我，也许会注意到同他一样帮助你的我。我当时以为他只是习惯照顾弱一点儿的同学，可后来在初三发生的事，就让我明白他哪是照顾弱同学，而是赤裸裸的护短。

"初三你一声不响地转学后，许铭泽在班里和人打了一架，而吵架的缘由不过是因你那张桌子的去留。

"因为班主任说了你已经转学的消息，班级里不需要留着一张空桌子，就叫生活委员把桌子搬到学生储物室。生活委员当时也很无辜，只是听班主任的安排去执行。谁知道刚碰到你那张桌子，许铭泽就啪的一声拍在了桌子上，一字一句格外清晰地大声说：'我看看谁敢动这张桌子！'

“生活委员被吼得莫名其妙，就顶嘴回了一句‘神经病’，还要去搬桌子。许铭泽当时噌地从座位上站起来，用脚踩住你的那张桌子，看着他说：‘你再碰下试试！’

“男生嘛，吃软不吃硬。况且当时全班人都看着，被当众挑衅肯定不服，那男生就还真的用脚踹了一下桌子，说了句：‘碰了又怎样？’

“话还没说完，许铭泽踢飞的椅子就把他踹得后退了。两人就你一拳我一脚地打了起来，我当时想拉住两人别打了，可许铭泽像疯了一样，什么话都听不进去，只是红了眼地揍人。那样的许铭泽，我想这辈子见过一次就够了。

“后来被打得扑在地上的男生反手抓了一截椅子腿挥了过去，椅子腿上有钉子，唰的一下就把许铭泽的左手臂划出了一道血痕，源源不断地流着血。可都这样了，许铭泽还是没住手，边流血边打人。最后这场打架在老师们出现后被制止，可被拉开的许铭泽的眼神里都是看不见的空洞，整个人像被掏空了般，像个骷髅架子。现在说起来，一想到那个画面，我都感到害怕。

“这次之后，我就知道许铭泽是喜欢你的。可我也没死心呐，你都不在了，能有什么影响力？我和他可以一起考高中，一起考大学，未来日子那么长，一个已经不在一块儿的顾浅根本不足为虑。

“还是我太年轻，以为你不在了，许铭泽就可能成为我的。可是，没想到他千方百计都能和你扯上莫须有的联系。

“中考前填志愿，他的模拟志愿都是填的市里最好的那所高中，老师、家长都很欣慰，我也暗暗高兴许久。因为我就算没考上，也还可以考艺术生上这里。你成绩一般，又没什么才艺，肯定不能考到这里。

“所有人的想法都是一致的，可偏偏他不按照一致的路线走。正式填志愿那次，他毅然填了你的那所高中。虽说都是重点高中，可终究一个排名第一，一个只能排第二。所有人都无法理解许铭泽的做法，我当时也无法理解，还以为他担心自己发挥失常考不上那所第一的高中，稳妥起见填了第二的高中。

“思前想后的隐情，最后我才知道原来是为了你。

“他是一早就做好了和你读同一所高中的准备，也知道一开始就说家长、老师肯定反对，才来了个关键时刻一不做二不休地自己决定。这样，谁都改不掉，他就能如愿以偿。

“高一，我安排了许多眼线在你们高中，要他们帮我打听打听关于许铭泽的消息，顺便打听打听你。前者不费劲，而你却让我那群好友耗了不少心思。可听传闻，你俩当时好像并不认识一般。

“我当时纳闷，你不知道许铭泽在你们高中这说得过去，可许铭泽为了你才去的那儿，他怎么可能不去找你呢？

“后来我渐渐地想明白，许铭泽就算喜欢你，可那也是在下棋。只有一方出棋子的棋局，肯定容易死局。你来我往才能活起来，才有下下去的可能性。他哪里是智商高啊，情商高起来连喜欢都能被他操控。这样的男人，还真是叫人不得不爱。

“高一的时候我还给许铭泽写信，每周三四封地写，他从来不回。后来就变成了每周一封，再后来每月、每学期一封。

“我青春里的所有情话，都给了这个和我不同校却还被我惦记的男生。我往这个池塘里投了多少石子儿啊，自以为哪天池塘就变小水塘，最后成为一小捧水。可我当年哪里是朝着池塘投石子儿，分明是朝着一片海。‘所爱隔山海，山海却难平。’说得果然不假。

“也不知是老天容易逗人玩儿，还是‘守得云开见月明’不假。我大学快要放弃许铭泽并开始新生活的时候，却被他稀里糊涂地主动联系到。

“他和我聊天，有意无意地问及我学校的事情。例如：‘你们学校的选课系统怎么开放啊？各个专业的课程怎么查询？哪门课热门好修，哪门课分低鸡肋？’真的，当时我都快以为许铭泽终于有点儿喜欢我时，他开口问我文法学院的放假安排，我才明白过来好像会错了意。

“果不其然一问，才发现我和你考到了同一所大学。

“当时我的确很气愤，可却抓不到任何许铭泽作弊的由头。他没开口暧昧过，就是很正常地询问学校诸事。关于私人问题，他从来不过问。就连我发我生病了，他连多喝热水这种关心的话都不曾说过。

“怪他吗？挺怪的，可好像更怪自己自作多情。所以，我做了一件挺对不起你的事。

“大一快立夏的时候，许铭泽突然问我能否帮他给你转送一下东西，我自然是答应。东西寄过来后，我发现就是一本很简单的夏季光影册子，很厚的一本，打开都是亮绿色的夏意。里边有封信，是的，我很不道德地拆开了信，看了内容。

“你后来没收到过这些东西，因为我没给你送。和许铭泽说的却是，你收下了东西却什么都没说。他也没怀疑，客客气气地和我说着谢谢。只是从那以后，他再也没和我聊过天。

“我当时在立夏那天其实给过你提示，我给你发过一条短信，不知道你有没有印象？”

“‘你拥有四季最好的礼物，夏季的今朝暂时被扣留。’是这个吗？”

“对，就是这个，没想到你还记得。自以为是地做了后妈，可白雪公主要和王子相恋，又有谁拦得住？现在看到你俩终于在一起了，我就算心有不甘却也只能由衷地祝福。”

“顾浅，你拥有的是全宇宙最好的礼物呀。”

这一刻，我俩好像把彼此认识的十余年给连接了起来，为那“好朋友”三个字画上了一个圆满的句号。

而我收获的好像除了这份历时太久的友谊，更多的是来自那个宇宙最完美、最好的礼物所带来的惊喜。

送高晓丽出门的时候，她朝我挤眉弄眼了一下，像回到初中时代说悄悄话的年纪，侧身在我耳畔说：

“那封信我今天还给了许铭泽，可我觉得你看到会更有意义。”

5

许先生下楼的时候，我站在咖啡店门口看着他。他朝我走来的感觉，让我有种这个男人可是抛弃了全宇宙却只要我这颗小星星的错觉。

许先生，真是感谢你的厚爱，小星星很爱很爱你。

我挽着他，笑容灿烂地朝车库走。两人无比默契地不问你和她怎么在喝咖啡，你和她都聊了什么。我们之间的秘密，不需要交杂，谁让两人的关系是“我们”呢。

到家以后，许先生在厨房做饭。我窝在书房找东西，许先生听到噼里啪啦的声音，就围着围裙从厨房出来问我在找什么。

“找一封很久远的、收件人是我的情书。”

我一脸无辜的样子看着他，一派天真无邪。

垂眉又无奈地摇了摇头的许先生笑着说在包里，便转身进厨房继续战斗。

我一溜儿小跑地冲到客厅，翻他的包找信。果不其然找到一封有白色信套的信，拆开后里边是牛皮信封装着的信，信封上许先生用俊秀的字迹写着三个大字“立夏书”。拆开看，牛皮纸上写着一首诗：

立夏书

——吴少东

我必须说清楚，
今夏最美的一刻
是它犹豫的瞬间。
这一天，
我们宜食蔬果和粗粮
调养渐长的阳气。
这一天清晨，风穿过青石，
心中的惊雷没有响起。
这一天的午后，
小麦扬花灌浆，油菜从青变黄。

我们喝下第一口消暑之水，
薅除满月草。打开经年的藏冰
坚硬而凛冽，南风鼓噪
坂坡渐去，你无须命名
这一白亮的现象。就像一条直线，
就像平躺的春光，你无法测度它
从左到右的深度。你无须测度。

这一天的夜晚充满
多重的隐喻，
从欲望到担当，从水草缠绕的湖底
到裂石而生的桦树。这一日的前行
几乎颠覆我
对农历的看法。

落款是立夏，许铭泽。而我，是立夏日出生，过农历生日。

我拿着信走到厨房，从背后抱住正在切菜的许先生，用脸蹭着许先生的左手臂，温柔地在他身后说：

“我爱你。”

正切着菜的许先生愣了一下，菜刀落在砧板上一下一下，他说：

“我也爱你。”

窗外有蝉叫，屋内有许先生的菜刀一落一起，这是整个夏天最美好的声音，而你是我四季最想要的礼物。

CHAPTER TWO

需要你的人如此多
多幸运拥有的是我

记和许先生的一次爬山

1

入秋后我越发懒散起来，整日除了按时上班，便是回家做饭等许先生。我爱吃虾、蟹，可自己做又嫌麻烦，许先生得空便会掌勺为我做上一顿。

秋来蟹肥，嘴馋到不行，我整日念叨要吃蟹，青蟹、大闸蟹统统都恨不得尝个遍，可许先生连吃饭都不能回家，更别提为我做蟹。

我自个儿得空便开着车在市里转悠，找那些厨子好的店去解解馋。可去过几次后，我就不再出门。

周末许先生去车库开车，我窝在院子里修剪植物，隔着老远和他说："开车小心，早点儿回来。"他有点儿纳闷，往常我都会在周末早早收拾好，欢喜地像个孩子般站在屋前，等他开车出来后蹭他的车去市中心。今日倒安静地在庭院里干活，一点儿对美食的期待都没有。

"小浅，你今天不出门吃蟹了？"

"嗯啊，不去了。"我把桂花树伸出的枝丫用剪刀剪掉，漫不经心地回着院子外许先生的话。

"怎么了？以前你不都挺高兴又能出门找新店的吗？"

“可吃得再多，都不及你做的十分之一呀。”我放下手里的剪刀，一脸无辜地看着他，好像没吃到蟹是全天下多么委屈的一件事，可的确很委屈，不是吗？

门口的许先生被我的孩子气给哄笑，摇摇头颇无奈地说：“下次一定给你做。”

一听这话，我立马小跑出去挽着许先生的手臂，边摇边问：“是你亲自去挑蟹吧？你知道我喜欢吃那种壳薄肉多的青蟹吧，早上的新鲜，我陪你一块儿去买？”

“一顿蟹就让你这么满足？”

我眨着眼睛，双眸都是光地看着许先生，语气颇为骄傲地说：“当然啦，这可是许大老板亲手做的，全宇宙独一无二，吃了也绝无二家的耶。”

许先生含笑亲了亲我的额头，和我道别去开车。

晚饭后，我坐在院子里看书，躺在竹藤椅上慢悠悠地晃着腿，许先生在书房忙工作。夜渐渐暗了下来，穿着短袖、短裤的我，这会儿倒觉得有点儿凉意。可躺着舒服极了，我又不愿动，就保持姿势窝着，过了一会儿，许先生抱着薄毯子从屋里出来。

“说了千万遍夜里凉，记得添衣，寒露侵体容易伤风，总是这么不听话。”他故作责备，又帮我把毯子盖在身上，我吐吐舌，缩腿让他坐下来，把脚放在他的膝盖上，扭动了几下身子，找了一个更舒服的姿势继续窝着。

许先生靠着藤椅，双手慢慢地抚摸我的小腿肚，手掌和肌肤接触缓缓地增加了热量。

晚霞，书本，寂静的庭院，相伴无须多言的他。我实在想不出比这更美好的场景了。

“小浅，和你商量个事。”

“不给我做螃蟹了吗？！”我一听商量，就知道肯定是不好的事，急急地从藤椅里坐起来，一脸紧张地看着他。

“嗯，螃蟹照做，可是吃完螃蟹你得答应我一件事。”

“好好好，一万件我都答应，只要你能让我吃到蟹。”我一听螃蟹还有，那其他的任何事就不算事了。目前、此刻、现在，除了吃螃蟹，其他的就都先委屈委屈让个道吧。可怜这个为了吃蟹都快得抑郁症的女人吧。

“周三公司举办活动，你和我一块儿去。”

“没问题呀，到时候我请个假就成。”

我吃着放在旁边小茶几上的酸梅，咕哝不清地应着好。

“爬山。”

许先生突然转过来看着我，吐字清晰地冲我说出两个字。

咳咳，咳咳咳。听到这两个字，我立马被梅子核呛到，整个人膝跳反应般地开始咳嗽。许先生连忙扶着我起来，用力帮我拍着后背，给我顺气。最后用力把核咳出来后，我边顺气边看着他。

“如果你不想去的话，那我们就不参加了。”

许先生被我吓到，俯身抱我进屋。我伸手勾着他的脖子，一脸正经地看着他，一字一句地说道：

“我——去——爬——山。那我们明天早上买螃蟹，晚上吃好吗？”

才说完，我的话风就变成了楚楚可怜的卖萌状。

“好，你说什么都好。”

2

如果知道吃一顿蟹的后果是得起这么早去集合，我就后悔没让许先生做两顿再答应。我戴着眼罩，裹着许先生的外套，缩在他怀里补觉，大巴车一路颠簸在崎岖的公路上，朝着山区开去。

凌晨四点我就被许先生从被窝里拖起来换衣服、洗漱，再跟着他大包小包地开车去公司楼下集合。我以为这么早就到了，怎么着都是第一个，谁知道全公司的人都在楼下背着包等我俩。许先生一脸严肃装没事发生地走过去，和司机大叔们商量行车路线。留我一个人站在路边冲着投过来的无数注视目光，点头打哈哈。

上车后，公司里刚毕业的年轻小姑娘和小伙子显然都精力十足，叽叽喳喳说个没完。许先生挑了后排的座位，放好包就让我坐在靠窗位置靠着他补觉。

我边睡边暗暗念叨：“年轻人们，千万别高兴得太早，爬山绝对不是想象中的好玩儿。”

大巴开到山区脚下再难前进，停在旅游点停车场后，公司负责人简短地对这次爬山活动做了些说明，反复提醒大家小心。我站在许先生身旁只觉得又将是一次惨绝人寰的经历，而旁边的姑娘、小伙子一个个双眼放光，对负责人的叮嘱显然没太放在心上。

解散后，其余人都一窝蜂地朝着山顶出发。许先生知我不喜，也没催地牵着我先去景区旁的小店吃了碗粉。

我边吃边挑眉问：“这是我俩第三次爬这座山了吧，有意思吗？”

许先生把我夹出来放到他碗里的香菜吃掉，开口说：“前两次可都没爬到过山顶，第三次爬当然有意思了。”

我撇撇嘴，对他的回答不以为然。

从粉店出来后，我们挑了条小径走。因为都不着急，我们倒也没刻意地找捷径爬，而是慢悠悠地寻山玩水，哪一处觉得有意思就走，也不去担心路通不通。

山里空气清新，早上的浓雾还没完全散去，笼罩在一大片竹林、松海之上，像是电视剧里的仙境般，透着层层雾气，缥缈又迷人。小猴子们都不怕人地在林子里乱窜，我觉得有趣，便把包里带的花生拿出来喂它们，看着它们机灵地抢花生用爪子掰开吃，只觉得无比好玩儿。我正准备再继续，却被许先生制止。

“你再喂下去，等会儿我俩的所有东西都得给它们抢走。猴子模仿能力强，你可别逗它们了。”

再朝前走，便是沿着溪边往上。秋日的溪水已经没了夏日的欢脱，涓涓流水带着一丝清冷朝着山脚下流去。沿溪的花开得极好，植被也都灵动，光滑的鹅卵石泛出好看的光泽。我一路感慨造物主的神奇，一边感叹这万物为何生得如此俊美，相比之下，最聪慧的人类就显得尤为粗俗不堪。

日头渐渐高升，透过头顶的树冠直愣愣地照下来，林间被一束束光束笼罩，好看得不像人间。

走出林子后便是千阶，这座山最难爬也是我最讨厌的地方。

许先生提议爬阶梯前先歇会儿，我俩坐在林间喝水补充能量。这一路许先生都背着我俩的东西，我尽量不让他扶着而是自己爬，可显然久不锻炼的我对于爬山这样一项高强度的运动，还是很吃力。

我仰头看着这个陡峭到几乎是 90 度的、望不到尽头的阶梯，只觉得头皮发麻。可是一想到和许先生爬这座山从未到达过山顶，就觉得这次怎么样都得咬牙坚持下去。

休息充分后，我俩开始爬阶梯。从林子出来走到大道上，人数就显然变多起来。千层阶梯上也满是爬山的人，我俩走在人群里朝着上边出发。

爬到一小半的时候，我突然冲许先生说玩个游戏。许先生一愣，扶着我问："什么游戏？"

"我们玩石头剪刀布，谁赢了就朝前边爬几阶，看谁能赢到最后，输的那个就得答应赢的人一个要求。"

我立马打鸡血般地站在台阶上回头看着下一阶的许先生，右手缩在背后，做好战斗的准备。许先生也把手放在了背后，只等我说出 1、2、3 就出拳。

1、2、3，石头剪刀布！

第一局我以剪刀胜了他两步，立马跳脱地朝着上边爬了两阶。如此玩了很多局，本来落后我们很多的游人一批又一批地超越我俩，而许先生不知道是运气不好还是怎么输给我很多次。在最后一次划下石头剪刀布后，我又赢了，朝前爬了五阶，站在上头却看不见了许先生。

我冲着他大喊："你快爬上来！我们再重新来过！"

隔了有点儿远的许先生，在底下遥遥呼应"好的"。

我坐在旁边的石阶上休息，看着脚下爬过的山坡。已经爬到了一半，山脚早已看不清楚，大太阳直愣愣地照在我脸上，我眯眼的时候想起了上一次和许先生来爬这座山的事情。

3

上次爬山还是在大三国庆，也正是那次爬山引爆了我俩的首次争吵。

大三那年国庆我本来不打算回 A 市，因为国庆之后不久便是中秋，我想留着那个时间回家和外婆待着，国庆就在学校看书、补剧。

那段时间许先生也在忙学生会的事，我俩都商量好了，国庆不一定要一块儿过，去外边玩儿都是人也不划算，还不如自己处理好各自的事。

可在国庆前一晚，许先生却突然打电话过来要我回 A 市，车票都已经帮我买好了，第二天早上的车，下午到。我当时就有点儿不高兴，毕竟很多事都已经安排好，和室友约好去淘书，和老师约好去做义工，现在却突然告诉我帮我买好了车票，让我回 A 市。

我语气有点儿强硬地问他为什么自作主张，谁知道许先生竟然一副不愿解释只要我回去的态度。我当时气得就在电话里冲他说：“是不是所有事只要是你许铭泽安排好的，我顾浅就只能听着照做？”

许先生估计也料到了我会生气，并没回嘴地只是说：“因为我想你，想见你。”

我吃软不吃硬，他这话一出我便没了脾气，可依旧心里不舒服地挂断了电话。

那时刚好妈妈打电话来说她那几日不舒服，问我回不回家。

要说之前是气许先生自作主张帮我买车票，我还死犟着不想回去，现在倒成了不得不回。

回去后我才知道，许先生为什么一定要我回 A 市。

当时他们院里的学生会关系复杂，涉及方方面面的利益问题，许先生作为新上任的主席颇为无奈。最后上届主席出面，决定为了缓和主席团人员关系组织一场国庆游玩，定的地点就是 A 市附近的山区，举行爬山比赛。为了照顾女生实行男女组合，有男女朋友的可以带着自组一队，没有的就自由搭配。许先生不愿和其他女生组队，又怕我听到只是这样一个理由后不愿回来，就私自做主买了车票。

爬山的前一晚我们住在山区的民宿，我和一个短发女生同屋，许先生和上一届学长同屋，在我的隔壁。

因为本就不熟悉，所以进屋后我只是礼貌性地和短发女生打了声招呼。短发女生显然也没太在意我，自顾自地收拾。

过了一会儿，有人敲门，短发女生边收拾衣物边问谁啊，屋外的人回话，是许先生。短发女生一听，立马放下手中正在收拾的衣物，走到门口去开门。

两人在门口聊了会儿，许先生才进屋来问我收拾得怎么样。我边整理边说还好，眼角却瞥到旁边床的短发女生把刚刚整理好的衣物啪地拆开，脸上并不怎么高兴地再次折好。

来的同学里面，是情侣的都住在同一间房，就我和许先生分开住。

订房的时候，旁人都用一种诧异的眼光看着我俩，再加上我一脸的面无表情，估计都以为我俩关系不好。可我俩那时的确闹着别扭。

许先生叮嘱了几句早睡，便和我说晚安，并朝外走，我坐在床沿和他说早睡，短发女生倒是站起来送他朝外走。走到门口时，听到许先生问她：

“你们屋里怕是晚上有蚊子，我给你们送个蚊香过来？”

短发女生的语气透着些许欣喜，压着嗓子说：“怎么好意思麻烦你。”

“没事，主要是怕顾浅被蚊子咬。”

许先生有点儿冷清的话语从门口飘进屋里来。

第二天下午爬山，许先生依次把大家叫齐，又确定好队伍准备出发时，和短发女生一组的男生突然捂着肚子说要去上厕所。其他人等着，过了会儿，许先生过来告诉大家男生昨晚上着凉，今天一直腹泻，怕是爬不了山。

话一落，短发女生背起放在地上的包说：“没事，我自己也可以的。”

我站在旁边冷眼看着她，又看了会儿许先生。许先生没说什么，停顿了一会儿说：“大家相互帮衬着点儿，注意安全，现在开始上山。”

我俩的东西大部分都在他的包里，我实际上就背了两瓶自己喝的水，可还是很吃力地被落在了后边。短发女生很干练地背着一包东西爬在前头，许先生因为是负责人，不能只顾我一人，就走在队伍里。

渐渐地，我看不到熟悉的人影。体力明显不支，我又不想拖后腿耽误大家，就在路边找了根木棍开始一拐一拐地撑着朝山上爬。

爬了有一会儿才看到熟悉的背影，看到大家都坐在地上等我，我正觉得不好意思打算开口说抱歉时，看到旁边树墩上坐着短发女生，而她旁边是正在帮她挽起裤腿喷药的许先生。

那一刻，我心里莫名地酸溜溜起来，似乎一大坛陈醋被我打翻在了心房，浸得那颗不足梨子大的心脏酸不溜丢、苦不堪言。

别过眼，我小声和旁边的同学说自己先继续朝上爬，不然等会儿又得耽误大家，让他帮我代劳告诉许先生。没等许先生发现我，撑着木棍的我便开始朝上继续爬。

每爬一步心酸就加深一点儿，我强咬着牙不让自己哭出来，又不想被许先生追上来，就尽捡些树林里的小路走。我只一门心思地朝上爬，旁边的景致并没用心去看。最后在一个林子里迷了路，我方向感极差，只好原路返回。

才走到分叉口，我就看到背着包一头汗的许先生站在石阶底下叫我。

我一听便气从心来，没理他而是选择另一条路朝上爬。可我怎么可能跑得过他，没走出几步就被他一把抓住。

“你干吗一个人走？不知道这样让人多担心吗？！”

“你去担心你的女同学好了啊，担心我干吗？”

我没好话地出言呛他，他抓着我的手顿住，我感觉得到他在强压着怒气。

“你不要无理取闹好不好？她脚崴了我帮她喷药而已，你以为是什么？”

“我无理取闹？我以为是什么？许铭泽你搞没搞错，来爬山不是我求你让我来的，是你非让我来的！”

“所以你是怪我让你来了？！”

“呵呵，我来这儿不是为了看你和其他女生卿卿我我、眉来眼去的，也不是来这儿被你呵斥、骂不懂事的。我顾浅不懂事，不识大体，你大可去找识大体懂事的！”

我用力甩开许铭泽抓着的手，冷笑着看着他一字一句地说。

“顾浅，我不能只顾着你一个人啊，这里这么多人都得我负责，他们出了事怎么办？”

“所以你去照顾你的那么多人好了，我不用你管，这破山我也不爬了！”

我把手中的木棍朝着石板上用力一掷，推开许先生，便朝着山下跑去。吵架时的威风，言语里的咄咄逼人，在越过他之后全部幻化成了委屈。

“你凭什么说我不懂事，凭什么指责我不识大体，你要我来我就来了，你要照顾同学我就自己走了，你还要我怎样？”

越想越气，越想越觉得自己可怜，我气冲冲地就往山下走出去了好远。最后坐在溪边一块大石头上，抓着一大把的石子儿朝着溪水中扔，我边扔边骂。眼眶里缀满了泪，可我害怕许先生就在我身后，被他看到我哭，这气就没了骨气。可过了好一会儿，背后都没听到他追下来的脚步声，我就有点儿慌。

我起身，站在大石头上朝山上望去，发现并没有人影。瞬间，眼眶里的眼泪就流了下来。他居然没追来，他不要我了，他不要我了，他不要我了……

脑子里嗡嗡地回旋着这几句话，我伤心欲绝地冲着山林大吼：

“许——铭——泽。”

山林一下子被立体的“许铭泽”三字环绕，才吼出这三个字，就看到林间小径上站出来了一个人。

“我在。”

他刚一开口，我鼻头就发酸，眼睛里涌出越来越多的泪水。

“你浑蛋！”

“我是。”

“你无耻！”

“我是。”

“你凶我！”

“我错了。”

“你不是人！”

“我是。”

扑哧，听到这个回答我不小心笑出了声。许先生走到我面前，站在石头底下抬头看我。我哭得有点儿狼狈，之前还一副威风十足的模样，现在见到他后我的心却彻底被收买。

“要抱抱。”

我站在石头上，伸开手冲他噘着嘴说。

他把我牵下来稳稳地抱住我，我伏在他的肩头，眼泪再一次没出息地涌出，边哭边说：“我以为你不要我了。”

“我以为你走了再也不会回头，才是真正地不要我了。”

那语气分明比我还委屈，那一刻好像除了拥抱再也找不到更合适的方式来安慰彼此。

于是，前一刻还义正词严地要照顾全队人的许先生，下一刻就大手一挥地说由他们去，拉着我下山休息。

从那以后，我便再也不愿爬山。

也不知道是怕爬山，还是怕回忆起我俩的那次吵架。

4

许先生爬上来的时候，我已经休息了好一会儿。我小跑几步下去接他，边走边和他说刚刚玩游戏，被旁边路过的大爷笑话是小孩子，还在玩拍电视剧呢。

许先生帮我把外套拉链松开，牵着我的手一步一步地朝前走，边走边说：

“我们要一辈子活在别人的故事里，走在我俩的生活里。”

我的心被这句情话感动，只觉得许先生一本正经说情话的样子怎么会这么帅。我没有搭话只是用力回握住他的手，很用力地点头说：“嗯。”

爬过千阶后，我们坐在风雨亭里歇息。

许先生帮我拿出干粮和水，两人坐在木椅上边吃边聊天，突然就说起了高三那年两个班组织来这儿爬山祈福高考的事。

高三刚开学，因为我们班和许先生他们重点班挨着是隔壁班。高三班主任都顺带有点儿“迷信”，想着为班里同学祈福，保佑高考顺利，都能考上好大学。其他班主任都是自己辛苦地亲自来爬山祈福，可我们两个班主任却觉得这事还是学生自己来得好，而且就当作高考前动员干劲，两个班居然组织了一场外出爬山。

这对于一个月才放一次假的高三党来说，有一次秋游的机会简直是天上掉馅饼的大喜事。两个班的同学们都无比期待，跃跃欲试。

那时我和许先生的关系还没闹僵，两人更是对这种共同外出心照不宣地隐隐透着期待，可是又不能做得太明显，毕竟高三老师们都管得特别严。

出发前每个班一辆大巴，从学校出发时，其他班的同学都趴在窗户上，眼睛都羡慕地看着我们的大巴开出学校。

到达山脚后，本来因颠簸了一路又起来太早而两眼发困的同学们立马满血复活。在老师们交代完按班级顺序依次爬山后，大家就在班长的带领下集体朝着山顶出发。

我们班在前边，体力一直不好的我，很快便落在班级后边。班长是个憨厚的高个儿男生，一直帮我背着包并拉着我，鼓励我加油。我扯出一个牵强的笑脸，冲他说谢谢，再继续咬着牙朝上边爬。

爬到一半时，许先生不知什么时候走在了我身边，帮我拿着包。我吃惊地看着他这样明目张胆，一时又感觉到惊喜，一时又感到害怕。

我压低声音地冲他说："你怎么爬上来了，被班主任发现就该骂你了。"

他一副无所谓的态度说："爬得快还能把我拴着吗？再说了，助人为乐乃快乐之本，顾浅同学，你就别小肚鸡肠了。"

我冲他挥手，作势要打他。身边突然经过一个男生，看到我俩，不怀好意地笑着冲许先生说：

“许铭泽，我说你怎么爬那么快呢，原来是前边有佳人相约呀。”

话一落，我的脸唰的一下红了起来，连耳朵根都红透了。我一把把许先生手上拿着的包给扯了下来，背在身上冲他说：“你走吧。”

“为什么啊？”

“不为什么。”

我背着包躲着他朝前走，许先生在后边站了会儿也明白过来，便不再强求，一个人超过我朝前边快速爬去。

爬到风雨楼的时候，果然是名字取得好，要风来风，要雨得雨，顷刻间山里就下起了大雨。所有人都被困在风雨楼里前进不得，继续爬肯定不行，只能等雨小点儿下山。

于是那次爬到山顶的只有少部分人，大部分人都被一场雨困在了风雨楼，然后就打道回府。好在两个班主任体力不减，早早地便爬到了山顶，为大家都祈了福。

“当年你们爬到山顶到底都看到了什么？”

我坐在风雨楼看着底下迷茫茫一片，不知道山顶是什么景色地问旁边这位。当年爬到山顶的小部分人里边，就有许先生。

“等会儿我们上去了，你就可以看到。”

“喂，你提前告诉我不行吗？让人家有点儿准备，要是到时候在山顶看到的和我现在看到的没啥区别，那我不白爬了。”

我用胳膊挤挤许先生，挤眉弄眼地希望他透漏点儿不一样的消息。

谁知道许先生突然看着我，俯身下来在我脸颊边亲了一口。

“山顶有秘密。”

我被他电得有点儿恍惚，听到“秘密”二字更是来了兴趣，便拉着他站起来继续爬山。

最终历时五个半小时，我和许先生光荣地成为队伍里最后一组到达山顶的。看着其他人都早就一副云淡风轻地坐着等我们的姿态，我耸耸肩表示无所谓，一上去便在山顶转悠找所谓的秘密。

可这座山高是高，山顶除了一座小庙外却没有其他，一眼便能看完，根本没什么特别之处。许先生在旁边看着我左窜右窜，颇好笑地牵着我绕过庙的侧边石壁。

我颤颤巍巍地跟着他走过旁边就是深渊的石道，绕过小段石道后，就到了山顶的背面——一块巨大的空地和满石壁的红锁、红锦。

我站在空地上，被这块隐藏的地方给震惊得目瞪口呆。

“这是G山的祈福壁，一直都被大家用来许愿、还愿。上边挂着的红锁是锁愿，而红锦是还愿人的谢语。”

“所以，这就是你说的秘密吗？太震惊了！”

我朝着石壁走去，上边琳琅满目地挂着数不尽的锁，有的已经锈迹斑斑，而有的还很新，是近期挂上去的模样。我看着上边刻着的大多数是祈愿考取功名，还愿的也大多数是功成名就。

“这是一座用来求前程的庙。”

正准备询问许先生我猜测得对不对时，就见许先生朝着石壁的右侧角落走去，我连忙跟了过去。在右侧角落靠近栏杆处的铁栏上，许先生正在抓着一枚锈迹有些厉害的锁查看。

“你以前也来求过前程？”

我有点儿纳闷，跟着他俯身往锁上看。

“这是高三那年我上来挂的，本来大三那年想带着你上来还愿，可惜没能上来。好在，现在来还老天并未觉得迟。”

只见许先生在旁边的栏杆上掏出笔，在红锦上写着什么。我蹲下去抓着刚刚许先生抓的那枚锁细看，上边的字已经被风霜锈蚀得比较厉害，可模糊地看了一会儿，我突然发现上边刻着两个字——顾浅。

“这上面怎么是我的名字？不是求前程的吗？”

我吃惊地站起来，看着许先生问。

许先生缓缓地把手中的红锦拿起来，朝石壁上挂上去，边挂边开口：

“你就是我的前程呀。”

话音一落，红锦便飘了起来，在上边许先生用俊秀的字迹写着的那句话也飘进了我的心里。

“莫问前程，但与小浅行百年。”

——End

许先生爱而不得的滋味

1

这几日颇忙，不光是杂志社赶着中秋节前出刊，社里每个人都恨不得一天四十八小时轮轴转地工作，好把中秋假期空出来，我更是要在下班之后绕过大半个城市去排队买月饼。因为那家月饼店每天只从下午五点营业到晚上八点，而且人很多，不早去根本排不到。

许先生看我每日如此辛苦，便说换一家吧，月饼哪家不都一样。

“那你怎么不说梅子酒哪家不都一样，干吗半个月前就去人家农庄预订？”

我疲惫不堪地把包扔在沙发上，翻一记白眼看着他反问道。许先生耸耸肩，不再多说地进厨房继续做饭。

不知为何，往年中秋时节，不管是梅子酒还是冰皮月饼都没有这么难买过。我俩一直是许先生负责买酒，我负责买月饼。今年许先生居然得提前半个月就去农场预订，而冰皮月饼不提供预订，只接受现场排队限购。

从未表现出较劲的我，在这件事上爆发了空前的战斗力。我每天上班格外积极主动，就为了下班准时跑过去买月饼。

外婆爱吃冰皮月饼，小时候是她买回来我吃，后来大了就都由我来买回家。今年没有外婆家可回，但月饼还是得买。

除了外婆家是每年中秋团圆的必去之地，从大一开始，每年去施老师家送梅子酒也是一个约定俗成的事，不过这个约定俗成从大二开始便多了一个许先生。

2

施老师是我高二时的语文老师，不知为何，我从小就和语文老师很投缘，许是因为爱好语文的缘故。能让我这样一个平淡无奇的人有一星半点儿发光的地方，便只有语文。

可这一星半点儿让我自己开心的发光苗头，在高二下学期却被一个转校生夺去了。

我的朋友很少，如果扒拉手指数数的话，转校生吴静子是排第一的。

吴静子转学过来的时候，剪了个到耳朵的短碎发，五官很分明，薄唇、凤眼。看见她的第一眼时，我就想起张爱玲小说里边，那些穿着旗袍、抽着烟邪魅地盯着你看并挑着凤眼说“男人没一个好东西”的女人。

“薄唇的人更薄情。”

这句话是当年很流行的一本小说里面对男主的一句描写，用在初次见面的吴静子身上再适合不过。因为她的眼神里看不到丝毫属于青春该有的色彩，蔑视与不屑充斥着那双好看的眸子，可惜没有神采。

总是感慨命运对我的照顾，除了语文老师的眷顾，我仿佛有一种天生能够吸引一些很特别的人当同桌的特异能力。

吴静子来班里的时候，刚好每月按例排完座位，我才从最前面调到最后一排单坐，班主任的双手指着我的旁边冲讲台上背着包的吴静子说："你就坐顾浅旁边吧。"

上帝勾勾手指，人的命运就被操控转变到另一个轨道。老师不过是指了个位置，我的命运之神也随即开始活动了。

理科班女生少，吴静子的到来给班里带来了许多新鲜事。

她英语很好，就算是上课趴着睡觉被叫起来回答问题，依旧可以一字不落地说出来，而且发音还超级纯正。她脑子转得很快，物理老师是个女老师，为了照顾班里成绩差点儿的学生上课常常讲得特别慢，每个题目都力求详细，是我这种跟不上大部分人进度的差生的最爱。可吴静子却特别讨厌她，因为觉得一节四十五分钟的课全被浪费在了她的口水里。每每她冲着物理老师翻白眼时，我都会低着头默默地在本子上记着她认为是口水的笔记。

不过，吴静子对于需要记忆东西的科目就不太喜欢了，比如生物和化学，语文也不太爱背古诗词，可作文却写得很棒。

这个很棒是我单方面的认为，因为每次我发现她的作文都可以拿到满分时，施老师却总是给了个极低的分数。我替她觉得不公，觉得可以找施老师说一说，吴静子就软绵绵地趴在桌上看着我说"没关系"。语气不是受了委屈却伪装大度的没关系，而是真的不在乎。

施老师上古诗词课时，喜欢叫吴静子回答问题。吴静子从来就不喜欢这些春江花月夜类的文字，往往看了会儿就开始自我理解地从西方文学聊到香港电影，而施老师从来不打断，每次都颇赞许地看着她。

这种赞许让当时的我挺受伤的，因为每次我都会很认真地剖析诗词所表达的感情，从作者本身出发去理解它，去感受它。可当我听到吴静子的回答后，我突然发现读懂它们除了以其脚本出发，更多的是可以从自我出发。而这也就是为什么我只能得到表扬，她却可以得到赞许的原因。

所以我一开始和吴静子的关系，是一种我嫉妒她的存在的关系。

可尽管我嫉妒她，却很喜欢她。因为吴静子给我一种很像许先生的错觉，他们都属于聪明的那类人，而我却又如此幸运地与之靠得如此近。

那个时候我已经和许先生和好，我俩经常在午饭的时候等其他同学都走了才从教室出来，站在走廊上趴着聊天。两人也不饿，就是有许多话想和对方说。我和他聊起吴静子，许先生说认识。

我一听来了兴趣，问他怎么认识的。

原来吴静子的转学不是偶然，而是为了一个人，这个人是许先生他们重点班的廖凡。廖凡是全年级都知道的人，他全国物理、化学竞赛都是一等奖，很厉害，但为人很低调，长得也挺清秀，就是不太爱说话。而这个人居然是个性鲜明、一脸桀骜的吴静子转学过来的原因。不知为何，向来不八卦的我，知道这件事后竟然好几天都缓不过神来。

可我并未发现她有什么不一样的地方，吴静子仍旧一副对谁都爱理不理的态度，上课睡觉，下课戴耳机听歌，分零食给我吃，教我做题。

只是某天晚上她突然把耳机摘下，特别认真地盯着我问：“顾浅，谈恋爱快乐吗？”

“啊？！”

当时我的心脏一下子扑通扑通跳得厉害起来，我转过脸咬着唇，一脸疑惑地看着她。

“真好，你们互相喜欢。”

吴静子并没有多说什么，只是眼神突然就黯淡了下去，低声地说了这句话就伏在桌上。

我看着她碎碎的短发，此刻像个小兔子一般趴在桌上的模样，突然觉得她好可怜，好想抱抱她。

下课的时候，吴静子问我要不要逃下节的晚自习，不知为何，我不带犹豫地点了点头。

我们两人跑到小卖部买了两听菠萝啤，吴静子无比娴熟地带我穿过教学楼，爬过某处矮围墙，然后钻进空无一人的操场，躺在草地上看星星。

身旁的吴静子喘着粗气，不再是那个拒人于千里之外的冰美人。她自顾自地看着星空开始说话，初秋的天夹杂着她冷冽的嗓音，带着某种摄人心脾的魅力。

“我从小就喜欢他，他比我大两岁，我为了和他一块儿上学，那么小的我哭得撕心裂肺地求我妈妈送我去幼儿园。当时家里人都说别的小孩子都是怕去学校，就你们家静儿特殊，哭着吵着要去。

“我妈工作忙，所以就总是由他妈妈接我和他一块儿回家。他小时候很爱说话的，拉着我的手给我抓蝴蝶，给我扑蚂蚱。我没有爸爸，有一次在他家做作业时悄悄问他：‘以后我能不能叫你爸爸做爸爸呀？’他特别认真地告诉我说：‘我爸爸就是你爸爸。’现在想想我才明白什么是童言无忌。

“小学时我俩几乎形影不离，我比同龄人都小两岁，可脑瓜子聪明，老师都喜欢，所以也没受过欺负。初中的时候我俩没分在一个班，他当时已经进入到青春期，很多东西都渐渐地明白，而我还像个幼儿园小朋友什么都不懂。我总是哭，他说了我不听也就不再说，只是沉默再沉默。他的性子变成现在这样，多半都是那个时候我逼的。

“初中有一次我看到他和他们班一个女生一块儿回家，我跟了一路，觉得他不再属于我，到家后二话不说就拿着美术刀割了手腕，把回家的妈妈和进来找我对作业的他吓得半死。

“那件事之后，他变得更隐忍，除了和我接触就不再接触任何女生，可对我他却竖起了一堵高墙。

“中考的时候我一心想和他考同一所高中，志愿书都是我亲自确认过的，可最后他还是偷偷改了志愿。而在这之前，他们搬家了，新家地址他没给我，电话号码也是空号。我家里那个时候也是一团糟，唯一高兴的是我考上了最好的高中。都说长大是一瞬间的事，我感觉我从青春期到长大也就是一个暑假。

“可那种不甘心像个毒瘤般留在我体内，强行压制都挡不住。高二上学期，这股不甘心更为膨胀，我只想过来找他问个清楚、说个明白。可当我真的过来了，离他不过一堵墙的距离，看到他后，那颗很躁动的心不知为何就安静了下来。

“我好像成了一个无所事事的废物，不但没嫌弃，竟然还有一丁点儿欢喜。”

“‘无所事事的废物’是指只要看着他就好吗？”我问道。

“嗯，是一种全世界只要他在而其他在不在都不关我事的废物感。”

那晚，是我第一次知道有个感觉叫“废物感”。

3

高三开学后吴静子约我的时候，我丝毫没想到。

中秋放假前一天，吴静子突然让我第二天晚上去她家吃饭。第一次被邀请，我显然有点儿受宠若惊。可她的后一句“叫上你家许铭泽”，则让我只剩下惊。我张嘴半天不知该怎么告诉她许铭泽并不是我家的，可她显然没怎么在意我的纠结。

下课时和许铭泽说起这个邀请，当然是以吴静子本人的名义邀请，而不是以顾浅家属的名义被邀。

许先生却一副早知道的表情说廖凡叫他了。这下换我大吃一惊，廖凡也在被邀人里边。可再一想，也许我和许先生都是多余的。四目相对的时候，我们都已经明白。

中秋下午，我和许先生没有如约去吴静子家，而是在她家周边的麦当劳里坐了一下午。那还是第一次我俩单独约出来，两人坐在麦当劳里喝饮料。

说了些什么我都已经忘了，只记得最后快到饭点准备过去时，许先生把我撕碎了的吸管纸屑一点一点地从托盘纸旁边挪到了托盘纸中央。

那个瞬间，曾一度被我列为男人温柔瞬间的第一。

我们到吴静子家时，家里只有她一个人。以为早就到了的廖凡，却没看到人影。吴静子很欢乐地和我们打招呼，给我们端出饭菜，在饭桌上也装作什么都没发生地和我们聊天。

可那股从她身体里弥漫出的不开心的氛围还是一点一点渲染出来。

周一回去上课，吴静子始终一句话没说地趴在桌上。课间操铃声响起来的时候，她突然从座位上冲了出去，我预感不妙地跟在她后边。周围的同学们都在赶着朝教室外面走，吴静子疯子一样地冲进隔壁班，抓着正起身的廖凡，甩了一巴掌。

这一巴掌让所有人都目瞪口呆，我紧跟其后都被吓到，站在后门不敢动弹。所有人都还没反应过来的时候，就听到吴静子带着哭腔特别大声地仰头看着廖凡说：

“你昨天为什么没来？！你凭什么不来？！”

廖凡静止了几秒，别过被甩了一巴掌的脸，看着眼前已经哭红了眼的吴静子说：

“静子，你别闹。”

他的话一出，吴静子啪的一下把旁边的书桌推到了地上，厚重的书本随着桌子的倾斜发出稀里哗啦的声音后掉在地上。

“你告诉我别闹！廖凡，你是不是人啊？我为了你在一中打架被开除，跪着求我妈让她把我送到这里来，我为的是谁？！你现在让我别闹？好好好，我不闹，那你说你昨天为什么不来。”

吴静子已经不受控制地边哭边死死地盯着廖凡，教室里只有喇叭的广播体操声音传来，班里没有一个同学出去。

我站在门口看到吴静子的反应都被吓得傻傻地愣住，不知从哪儿过来的许先生走到我旁边拍了拍我的肩膀，就朝他俩中间走去。但还没走到距离他俩一米远处，吴静子就两眼满是杀气地看着许先生说：“这是我和他的事，谁都不要过来。”

“吴静子。”

廖凡才开口，吴静子就扬手又给了他一巴掌。她的手还没落下，就被冲进来的教导主任大声地呵斥住了。

接下来的事就只有少部分人知道了，我们全都被叫下去做操。可做操的时候全是打听这件事的人，叽叽喳喳地全都心不在焉地惦记着办公室里会发生什么。

事情被压制了下来。再回到班里的时候，吴静子已经没了人影，隔壁的廖凡回到班里上课，只是无人敢上前询问。

事后许先生告知了我详情。

吴静子和廖凡被叫到办公室后，吴静子始终不言一语，廖凡也看着窗外不说话，任凭教导主任怎么询问就是无人开口。直到施老师进来，和教导主任说了句什么，教导主任就让其他人都出去了。只剩下他们三人在里边，谈了大概二十多分钟，吴静子红着眼跟着施老师出来，廖凡回了教室。

后来，就传来吴静子出国的消息。

而吴静子这件事尽管被压制了下来，却对我造成了格外大的影响。我第一次重新审视关于爱情这个问题，吴静子爱廖凡，可她得不到他，却毁了自己。我呢？我和许铭泽的关系并不像他们那样牢固，最后会毁掉我们吗？

想太多的后果便是冷淡，高三那时的学习压力和对于未来的未知矛盾压得我喘不过气来，我想不到更好的解决办法，只能选择逃避。

然后，高三我和许先生一步一步变成了陌生人。

4

从家里出发去施老师家的距离不远，许先生开车，我们两人有一搭没一搭地聊着天，许先生突然开口问我和吴静子还有没有联系。

“怎么突然问这个？”

“你每年都去看她舅舅，我以为至少她会和你有联系。”

“没……”

我抱着纸袋侧过脸看了眼窗外，这么多年来和她除了那条短信再也没联系过。

高三毕业后，我收到过一条匿名短信：

“拜托每年中秋去看看施老师。”

没有来电人，拨过去也无人接听，可我知道这是谁发过来的。

高三那件事之后，我才知道原来施老师是吴静子的亲舅舅。吴静子之前因打架被开除转学到这边来，也是因为施老师在这边教学。可他们的关系好像并不好，从没表现出至亲的那种亲情。

可血浓于水是割不断的，吴静子在异国回想起她因为冲动而做的事，应该是感到愧疚的吧。不然她怎么会这么多年都不回来看一眼，这么多年都不回来。

到达施老师家的时候刚好是饭点，施老师这么多年都是一个人住，他从厨房出来给我们端菜盛饭，快五十岁的人边笑边看着许先生说喝两杯。饭后他又拉着许先生下棋，我收拾碗筷。这个两室一厅的房间，此刻才有了一丝生活气。

我洗碗的时候在想什么时候要给施老师相个亲，回去和许先生商量商量。毕竟岁数渐长，一个人总不能过一辈子。

从施老师家出来后，许先生提议先去河边走走，散散酒气再回家。我们两人沿着河边的风光带散步，我挽着许先生的手提起洗碗时想到的提议，原以为许先生会赞同，谁知道他沉默了半晌。

“小浅，一直我都没和你说过这事，因为它并不光彩。”

我一听有点儿纳闷，歪着脑袋问什么事。

“施老师这辈子估计都不会结婚的。”

“啊，为什么？！”

“你还记得廖凡吧？我和廖凡后来有打过一次电话，我才知道当年的事情远远不止那么简单。施老师当年是市里某师范大学的老师，为人风趣幽默，长得英俊，又很有干劲，取得的成果也不错，算得上一表人才。只是他一直都是单身，当时上课的又都是一些年轻的女大学生，有很多倾慕施老师的，可大家也都知道师生恋不可能，所以绝大多数同学都只是暗恋。

“有个女生很果断地在课堂上表白，施老师可能也觉得年轻人有的只是冲动，并没太当真地打着诨蒙混过去。可那女生比起吴静子来有过之而无不及，三天两头地往施老师的宿舍跑，帮他洗衣服，给他带饭。一来二去，施老师也不是木头人，便喜欢上了这个女学生。可施老师也明白，两人在一起走下去的可能性微乎其微。

“施老师那时已经得到了院里出国公费深造的名额，只是没告诉那个女学生。最后才知道消息的女学生接受不了，前一晚装作什么事都没发生地继续给施老师叠被子、刷鞋，可在施老师要出国的当天就从天台跳楼自杀了。

“这事一出，施老师出国深造没成，更为残酷的是施老师必须背负这一生的愧疚。因为他毁的不仅仅是一个人，而是两个家庭。

“事情虽不是施老师造成的，可和他也脱不了干系。施老师被降职到了高中当一名语文老师，这不仅仅是惩罚，更多的是为了逃避女学生家庭的讨伐。”

“这听起来有点儿不可思议，可和施老师多年未娶也是有联系的。那这件事和廖凡又有什么关系？”

“廖凡的小姨就是那位跳楼自杀的女大学生，当年他们三人在办公室里的时候，吴静子是最后才知道的。廖凡对于施老师的仇恨可能不算很深，可是一个家庭的血脉让他不可能接受吴静子。

“而吴静子真正明白的是自己的所作所为，对于失去了爱人又什么都不知道的舅舅是一种多么大的伤害。她的所有行为都是当年那个女学生做过的，而女学生的结果是如此惨烈。她自己不断地重蹈覆辙，真正伤透了心的人是她的亲舅舅，所以最后吴静子才会心甘情愿接受出国这条路。”

“这些都是廖凡和你说的？他还恨着施老师吗？”

“恨是会恨，这不是长短问题，而是深浅程度。只不过到了现在的恨，变得很浅很浅。他毕竟也伤害过一个纯真的喜欢他的女生，会自责，也会体会到施老师当年的感受。”

我被许先生抱在怀里，河边的晚风一阵一阵吹过来，心里不知为何有一种很凄凉的感觉，总觉得他们的爱情太悲怆。

廖凡的小姨用一颗炽热的心爱着施老师，却不得。吴静子用整个青春去爱着的男生，却承受着她所不知的家庭愤恨，也不得。世界上的爱情悲剧，最心酸的莫过于爱而不得。

施老师是爱着那位女大学生的，不然不会仅仅因为愧疚而终身不娶。廖凡也是喜欢着吴静子的，只不过在面对那悲怆、壮烈的爱情时，他只能选择退让忍受。

可惜，深爱着的人不是阴阳相隔，便是异国他乡再难重聚。

而我自己又是如此幸运地被所爱的人抱在怀里，爱而拥有抵得上世间一切幸运之事。

“他们都是爱而不得，还好我们不是。”

听到我说的这句话，许先生深深地吸了一口气，更加用力地抱住我开口道：

“爱而不得的感受，我懂。”

我一听立马从他怀里挣脱，直愣愣地问：“你爱过其他人？”

许先生一脸哭笑不得地环住我，把下巴抵在我的脑袋上，闷闷地开口说：

“傻瓜，我这辈子只爱过你一人。”

“那你又说爱而不得……”

“大一那年中秋节，我体会过。”

我被埋在他怀里，想了想大一那年的中秋节，那年好像因为军训没结束，所以我在学校过的中秋。白天训练，晚上和训练营的同学们一块儿在操场玩游戏，而且那个时候根本还没和许先生和好，哪里会让他体会“爱而不得”了。

我正准备开口问他是不是记错的时候，许先生缓缓地讲了一件事。

“我们那个时候彼此已经很久没联系了，你去大学的时候，我去外婆那儿问了你的手机号码。可是那段时间我很犹豫要不要打给你，要不要联系你。每次特别想找你的时候，我脑子里的另一个小人就说不能惯着你。如此反复了十来天，直到中秋，我还是给你发了一条短信，想要试图让咱俩和好。

“谁知道才发过去，你就回：‘你谁？’这语气不会是你，你对陌生人总是很有礼貌，绝对不会这般直白。我还没想好怎么回复，你的第二条消息就发过来了。

“‘顾浅回不回关你啥事？’

“我当时发的是‘中秋快乐，顾浅你回来吗’，然后你的手机回复了我两条莫名其妙的短信。我还怀疑是不是发错了号码，再三确认了外婆没给错，我也没发错。于是，我就想这个能拿到你手机的人是谁。

“‘我是她高中同学。’

“‘我是她男朋友。’

“几乎是我刚发过去就收到了回复，当时我真的觉得世界都不在我身边了。你一声不响地去了外地上大学，又一声不响地有了一个男朋友。这个人让我完全没有任何话可说，完全处于下风。而这最根本的原因不过是因为他拥有你，而我没有。

“之前我一直都以为你会是我的，不过是时间长短问题。可那一瞬间，我却突然明白爱而不得有多悲凉。”

“可我当时没有男朋友！”

我急忙从他怀里挣出来，脑子无比清晰地告诉他。我根本想不起当时我有给他发过这样一条消息，这样的对话在我的手机里也从来没有出现过。

“我知道。”

许先生宠溺地看着我，摸了摸我的头笑着说。

“你怎么知道的？”

“小浅，这是另外一个故事了。你只要记住，比‘爱而拥有’更珍贵的是‘失而复得’。而好在，你永永远远只能属于我一个人了。”

秋天的风就这样刮过我俩，而烫耳朵的从来都只有许先生的情话。

——End

许先生的某天日常

1

“泽哥哥，你们怎么还不起床啊？”

国庆第一天，我和许先生想赖掉的早晨便被房外稚嫩的声音叫醒。我抱着被子缩进去，迷迷糊糊中感觉到许先生拥住了我，下一秒便被薄被外面的冷空气侵体。

再醒来的时候，我的身侧早就没了许先生的温度，我撑着昏昏沉沉的脑袋才想起家里边多了一个人。

所以，当我穿着睡衣走出卧室时，看到的便是屋外的阳光透过大玻璃打进来的光，照在餐桌前对坐着的一大一小的两人身上。

“浅浅姐姐。”

“你起来啦？去收拾一下，厨房里给你热着粥。”

许先生正给一一擦着嘴，手边的报纸被仓促地折叠着放置一旁，面前的瓷碗里盛着半碗菠菜粥。对面的一一围着不知哪来的粉色小围兜，满脸是粥渍，抬头冲我笑着打招呼。

我走过去摸了摸她的头。进洗手间收拾的时候，看着镜子里因为感冒而略显憔悴的脸时，我的脑子才有了一丝转动。

昨晚妈妈突然打来电话，问我和许先生国庆有没有计划出行。本打算趁着假期好好休息的我俩，早在一个礼拜前就订好了机票去西安。我却在全国范围内冷空气来临的三天前，不幸地感冒发烧了。于是国庆假期从外出散心，变成了家里七日游。

妈妈听到我俩没有出游计划后，高兴地提高声调问“真的吗，真的吗”时，我是很想挂电话的。再然后，便是我和许先生的国庆双人家里七日游变成了三人游。

因为叔叔那边的妹妹一家想出去游玩，可六岁的女儿不方便带着，便托妈妈他们照看几日。妈妈因为精力有限没法照顾两个小孩儿，便问我这里能不能帮着照看几天。叔叔家的小侄女我见过，挺可爱的，便应允了。

傍晚去接一一时，她第一次见许先生，乖巧地背着粉色的小书包牵着我，小眼神时不时地瞄许先生，看得我忍不住发笑。

到家后，我问一一能不能一个人睡，她倒是不怕生，站在客厅里一副小大人的模样开口说：“我从大班开始就一个人睡啦，浅浅姐姐，我不是小孩子了。”话一出，把去冰箱拿零食的许先生逗得不行。

许先生向来是对外人板着脸的，对小孩子也不算太热衷，去妈妈家也只看我抱不动弟弟的时候搭把手，很少见他逗小孩儿。这时他倒端着水果、零食走过来，看着一一笑得一脸灿烂，问她名字。

“我叫杨一懿，大人们都喜欢叫我一一。”

第一次看到一一这样一本正经地介绍自己，倒是把我乐到了。我头晕得厉害，坐在沙发上，许先生把水果放在茶几上，让我靠着他的肩膀。

一一许是对环境还有些陌生，背着书包站在茶几旁，小手搭在书包背带上。我让她把书包放下去坐下，想看什么动画片自己去开，想吃什么也可以拿，不用怕。

谁知道这小姑娘低了低头，看着脚底下，两个小辫子翘起，奶声奶气地开口问："浅浅姐姐，泽哥哥长得比我们班里的任何男生都要好看，我能坐他旁边看电视吗？"

她的话一出，把我逗得从许先生怀里坐起来，哭笑不得地看着这位才六岁见到帅哥就已经有点儿羞涩的小姑娘。

"可以呀，你可以坐泽哥哥旁边看电视、吃薯片。"

许先生也被一一的话逗乐，走到她面前帮她解下书包，抱着她坐在我俩中间，给她开动画片看。

我刷牙时不小心走神了，被突然走进来环住我的许先生吓到，他靠在洗手台的边沿上看着我，问我怎么还没好。我含着一小口水别过脸，鼓着嘴好玩儿地朝他吐水。

我本就为了好玩儿，并没对准许先生的位置吐，可才吐出来，旁边就钻出一个小脑袋瞪着圆溜溜的眼睛看着我。好在水程不远，并没殃及一一。

"浅浅姐姐，我妈妈说了刷牙不能玩水的。"

许先生护着她朝后退，我被惊得把嘴里剩下的半口水吞了下去，刚要走过去看她，谁知道她一本正经地教育我说道。

许先生挑着眼看我，一脸藏不住的笑。

他绝对是故意看我笑话的！

2

吃完早饭，许先生逼着我吃药，我刚准备撒娇的时候，才投过去一个委屈的眼神，便被坐在旁边老老实实地把手放在桌上的一一盯着看，一脸认真地看看那碗黑漆漆的药，再看看我。我生怕她再搬出“浅浅姐姐，我妈妈说了……”之类的说辞，立马闭着眼屏住呼吸地端起面前的药咕噜咕噜地一口气喝下。

喝到还剩一小半，我把碗放下，苦得我差点儿吐出来的时候被许先生的眼神给瞪着咽了下去。我才咽下去，许先生就递过来半颗冰糖。

小不点儿看着我的表情一脸痛苦，我以为她和我感同身受，会说当年她妈妈逼她喝的那些药有多难喝的时候，她歪着脑袋冲着许先生笑，脆生生地开口说：

“泽哥哥，这药闻起来好香，我能尝一口吗？”

我心中只能对这个小坏蛋投去无数的鄙视眼神，你浅浅姐姐我喝的是中药，可不是什么黑色果冻。再香它也是苦的，你都没看到这儿坐着一位大活人受苦受累吗?

事实是，杨一懿小朋友真的看不到。

“一一，这是你浅浅姐姐生病时喝的药，我们都好好的没生病，所以不用喝，知道吗？”

“嗯，我们都好好的，所以不喝。”

一切都收拾好后，小坏蛋吵着要去外边抓蝴蝶。她眼巴巴地坐在屋外的藤椅上，翻着手里的儿童读物，自言自语道：“书里说，到了大自然应该去看看小青蛙，和蝴蝶玩捉迷藏的呀。”她的语气里都是委屈。

许先生去外边和她坐着看书，我坐在沙发上休息，听到他俩的对话。

“一一啊，我们改天再去抓蝴蝶，行吗？”

“今天不行吗？”

“你浅浅姐姐病了，吹风后她的头会更痛，就得再吃药。你今天也看到啦，吃一次药，她都快哭了。”

“我可以代替浅浅姐姐吃药！”

“如果可以代替，我都想替她生病呢。所以，这不是代替就可以解决的哦。”

“可泽哥哥你能带我出去玩会儿吗，浅浅姐姐可以在家里休息。”

“你浅浅姐姐可能比你还需要照顾，所以我没法把她一个人放在家里边。”

“可是浅浅姐姐已经是大人了呀，我妈妈说大人都是可以自己照顾自己的。”

“在我眼里，你浅浅姐姐是个比你还小的孩子。”

“好吧，那我在家和院子里的小花朵们说说话好了。泽哥哥去照顾浅浅姐姐吧，不然她又该玩水了。”

许先生进屋的时候，我已经穿好外套，换好了鞋。他看着我皱眉，想拉着我进去把衣服换了，我挣开他的手说：“一一难得来一次，带她玩会儿吧。我都穿成这样了，也好好吃药了，没事。”

许先生无奈，进屋拿了条围巾给我披着，到院子里的时候，一一正趴在篱笆处看着院里的花儿说话。叫她的时候，她还朝我们嘘了嘘，不让我们出声。

过了一会儿，她才跑过来，一脸得意地看着我俩，大声地说：

“浅浅姐姐，我可是为你们放弃了去花仙子她家做客的机会呢。”

“怎么放弃的呀？”许先生蹲下来，给她边穿小背心边问。

“刚刚我和院子里的花儿说话，然后她们就说，觉得我是地球的贵宾，所以邀请我去她们的花仙子王国做客。可我想了想，你们会着急呀，就拒绝了她们的邀请。”

“扑哧。”

我听到这儿，忍不住笑出了声。许先生倒是没有觉得好笑，表情特别严肃认真地帮她穿好小背心，边扶着她的肩膀说：

“地球人都会感激你为我们放弃了去花仙子王国做客的机会的，这样我们就能和你一块儿去和蝴蝶姑娘们玩耍了。”

看着一一特别满足地点头并伸出小手牵着许先生的时候，我突然觉得应该感谢全宇宙才让他们没有召唤回许先生，并留在了我身边。

一一走在中间，被我俩牵着。她一蹦一跳地一刻也不愿休息，下台阶去湖边的时候，她突然扭过头仰视着许先生问道：

“泽哥哥，我问你个问题哦。”

“嗯，好啊，你问。”

“如果啊，你妈妈和浅浅姐姐同时掉湖里了，你会先救谁呢？”

她才问出口，我倒忍不住先笑出了声。这样一个情侣之间几乎都会问及的话题，在我俩之间居然是被一个六岁的小孩子问出来。

许先生笑着抱起一一，看看她，再看看我，才开口道：

“这个问题呀，很多年前我就告诉过你浅浅姐姐了。我们去前边玩儿，让你浅浅姐姐在这坐着休息会儿。”

我正纳闷许先生什么时候回答过这个问题时，他已经抱着一一走远了。

我的头也实在有点儿晕，便坐在湖边的木椅上休息。但我的脑子里倒是转起回忆，怎么都想不起曾经有问过许先生这个问题。突然，有个画面出现在了脑海中。

3

那个时候我俩还在读高二。

元旦时两人刚和好，不过是从以前的一个人偷偷注视他，变成了两人的对视一笑。

许先生他们班在办公室的隔壁，我是班里的语文课代表，每天去办公室送作业是最开心的时候。因为我总是会在路过他们班教室时，抱着作业本，装着不经意地看向他们班的教室。

有时候，你会觉得世界真的对人和人是有区别的。我是近视眼，却总是在他们班的人群中，抬头的那个方向就能找到许先生。而我看过去之后，许先生便会回头看我。我看不清他的眼神，可能感受得到那股视线在我身上定焦。

嗯，很开心。

还有比如升国旗、做早操等集体行动，总是很凑巧地我站着的队伍旁边是他的队伍，身高 1.82 米的他也总是很突兀地站在中间，我的旁边。两人有时隔得近，比如升国旗时，他会偷偷给我递吃的，帮我整理没翻好的衣领。两人也有时隔得远，比如做操时，会隔得很开，朝右转时，他偏偏朝左边转过来，然后两人像对着镜子般做操，旁人在笑，我俩也笑。

那时妈妈在每周五下午最后一节体育课的时候，会到校门口给我送饭、牛奶和水果。

因为许先生他们是重点班，所以一周两节的体育课只有一节，还是和我们班错开的。可有一周，他们班的体育老师换了一节课，刚好时间换到了周五和我们一块儿。

许先生在中午吃饭的时候就跑过来和我说下午体育课一块儿上，解散后在操场别走，他来找我。

当时听完我的心怦怦直跳，一下午的课都在这种期待又紧张中度过。

体育课解散后，我坐在操场阶梯上等他，许先生过来的时候拿着两罐冰红茶。那段时间我刚好迷恋冰红茶的味道，不知何时被许先生发现。他可是从来不喝除矿泉水之外的任何饮料，所以每次看到拿着红牛、可乐等饮料等在操场边给他递过去的女生时，我都很想开口说："别白费功夫了，他不喝。"

两人坐着聊了会儿天，我看了看手表发现已经快四点半了，妈妈往常都是这个时间点在校门口等我。我急忙站起来的时候，没成想把放在台阶上的冰红茶弄倒了，没盖严的冰红茶便洒了下来。

许先生一把把我拉过去，还踉踉跄跄地退后了好几步。我俩突然停顿了下来，世界都好像静止了一般。我靠在他的胸前，他的手还抓着我的手臂，渐渐地我听到他的心脏有节奏地咚咚咚地跳动起来，越来越快。

我的脸也在这样的节奏中红了起来，埋在他身前的脑袋逐渐发热，猛地从他怀里抽离出来，低着头朝操场外走。

身后的许先生站着没有跟上来，我的脸红得发烫，生怕被某个同学看到，再传到老师耳朵里。我想着想着思绪就跑远了，想着要是被老师们知道了，肯定都会责备我，毕竟许先生成绩好，还是重点班的。我只是一个成绩一般的女生，到时候被教导主任叫去喝茶可怎么办，若被许先生的班主任另眼看待我可怎么办。

我想着想着又觉得自己没做错，为什么怕他们责备我？如果真的被告密说我俩有什么，索性还不如不解释了，他们爱怎么想就怎么想，反正我没做错。至于其他人的看法，真的不重要。

这样一想，我整个人都感觉轻松明快起来。下教学楼坡的时候，我被身后的许先生叫住。我回头看到许先生一路小跑地跟过来，看着他穿着白色校服朝我跑的时候，不知为何，之前那句话突然变得格外清晰起来。

“其他人的看法一点儿都不重要，只要你明白。”

许先生喘着气停在我身侧，问我去哪儿。我仰着头说去校门口接我妈妈送的饭菜，许先生伸手摸了摸我的头，说：“陪你去。”

我们两人沿着教学楼那条长长的下坡走，两边种满了梧桐树，绿色的梧桐叶在头顶欢快地跳舞，地上投下斑驳的影子，整个校园安静得好像只剩下我俩。

快走到校门口的单车棚时，许先生突然开口说了一句话：

“我游泳很厉害，可以救两个人。”

“啊？！”

没头没脑的一句话突然从他嘴里说出来，我歪着脑袋抬头看他，表示没懂。谁知道许先生并没做解释，伸手在我后背推了一下，笑着冲我说：

“快去你妈妈那儿，我在坡上等你。”

我被推着朝前走了好几步，咧着嘴冲他笑，说着“嗯”，点点头，转过身朝着校门口走去。我知道许先生的视线并没离开，每走一步，都离他远了一步，离我妈妈更近了一步。同一条路上，前边是我深爱的家人，身后是守护着我的许先生。当时每走的一步，都让我觉得是走在幸福大道上。

最深爱的人，都在身旁。

我拿着饭菜和水果回来的时候，看到坐在坡上石椅上的许先生，他回头的时候看到我，站起身冲下来帮我提东西。

我想起他之前说的话，问他什么意思。他耸耸肩，回了我一个看不懂的笑容，说没什么。

那时候我就应该明白一件事，女生说没事，就是有事，说没关系，就是有关系。这个理论，用在男生身上也是同样适用的。

而我到现在才懂，许先生是回答了一个男人必被逼问的题目——“我和你妈妈同时掉进水里，你会救谁？”

和许先生在一起之后，我问过很多稀奇古怪的问题，唯独没有问过这个。因为这个问题的提出者，便是把自己和对方的家庭摆在了不同的位置。

记得看《倚天屠龙记》的时候，我和许先生探讨在光明顶的那场抢婚中，究竟周芷若的胜算有多大。许先生说，几乎为零。

我问他为什么，许先生说：

“因为周芷若最大的失败在于谢逊，张无忌对于他义父谢逊的感情绝不是儿女情长可以比拟的，周芷若一开始就把自己摆在了谢逊的对立面，令张无忌在所爱之中抉择，这是一个很残酷的选择题。而赵敏则始终把自己摆在和张无忌一致的一面，他要什么就给他什么，从未逼迫。所以，真正的爱，是爱他所爱，而不是让他在爱里抉择。”

所以，这个问题是令人在所爱里抉择，无疑痛苦的不止一个人。

一一问出这个问题的时候，我只觉得现在的小孩子被电视剧荼毒得有些厉害。可真的想到曾经许先生回答过这个问题时，他不经意的开口肯定想了很多吧。

4

许先生坐在我身侧的时候，我正靠在椅子上眯着眼晒太阳，感觉到熟悉的气息来到，便很自然地朝他怀里靠过去。

“你什么时候游泳技术很厉害了？”

我开口问道，许先生轻笑着从背后环住我，叫着不远处的一一小心。

“遇到你之后，什么都变得厉害起来，不是吗？”

我一听这话，想到出门时他和一一说我是小孩子的对话，不乐意地坐起来看着他，特别严肃地问他：

“你严肃回答我，我可以把自己养得好好的，怎么就是长不大的孩子了？”

“嗯嗯嗯，你不是。”

许先生宠溺地伸手把我揽过去，在我头顶亲了亲。

我哼了一声躺在他怀里，表示这还差不多。许先生却在我头顶温柔地开口道：“你不是孩子，是我的宝宝。”

我被这句话暖到，便不再开口，和他一块儿坐着看一一在草丛里追蝴蝶玩儿。

5

吃完晚饭，我照例躺在外边藤椅里看书。一一拿着以前家里装修剩下的木头在我旁边捣鼓，一会儿摆出了房子叫着“浅浅姐姐，你快看”，一会儿又摆出了变形金刚对着我“啪啪”。我看书总是被打断，索性从藤椅里起来，蹲在地上和她一起玩积木。

许先生出来的时候，看到的场景便是两个人光着脚坐在地毯上玩积木。他端着药递到我眼前，我才皱眉，一一就眨巴着大眼睛盯着我看。我被她打败，仰头咕咚一口喝下。而这次却发现药没有之前的苦，有一丝甘甜，我竟然还觉得有点儿好喝。

我双眼放光地盯着许先生，许先生伸手帮我擦掉嘴边的药渍，无奈地摇头说：“你怕苦，只好把一味中药换成了甘草，加了点儿柠檬片熬，味道是好了点儿，可还得多喝几天。”

“好喝！多喝几天都没关系！”

难得喝到许先生熬出的不苦的中药，我当然愿意多喝几天，好得慢点儿就慢点儿吧，反正没事。

许先生翻了翻白眼，对我的行为表示无语。

我则转身继续和一一玩积木，这小丫头不知为何睡了午觉起来后，不再缠着许先生，自个儿玩得也不亦乐乎，一副不闹不吵的乖巧孩子模样。

“浅浅姐姐，你缺什么吗？”

“啊？不缺呀，我什么都不缺呢。你怎么突然问这个呀？”

小丫头不回话，一个人低着脑袋玩积木，噘着嘴似乎在想怎么回答这个问题。

我就说这个小丫头下午不太正常，原来还藏着心事呢。

“嗯，是这样的，下午的时候呢，我问泽哥哥喜欢什么样的女生。然后他说喜欢漂亮、聪明又上进的女生。我就问啊，那浅浅姐姐是这样的吗？泽哥哥说，不是呀。然后我就很奇怪，要是不喜欢，怎么和你结婚了呢？然后泽哥哥说：‘可我爱着你的浅浅姐姐，爱把喜欢打败了，喜欢的一切就全部变成了不重要的。’可我觉得好像不能理解这句话。”

我被一一的稚嫩的表述能力萌到，觉得许先生太为难一个小孩子了，和她解释爱与喜欢都太困难。

“那你不理解什么呢？”

“因为我喜欢泽哥哥呀，可是他说爱会把喜欢打败，可我并不知道什么是爱。”

一一仰头特别认真地看着我，我被问得哑口无言，不知该怎么和她解释。小丫头就又开口说：

“然后呢，泽哥哥就问我缺什么吗？我说缺很多呀，比如芭比娃娃、漫画书和好吃的。泽哥哥说缺的这些就是我喜欢的，可是没有我爱的。我就问他缺什么吗？泽哥哥说只缺浅浅姐姐你，喜欢是可以有很多份，可是爱只有唯一的。我虽然不是很懂，可我知道如果他缺一样东西，不能在他身边的话，他是会不开心的。所以，我就决定不缠着泽哥哥，让他陪着你好了。因为除了他，我还喜欢积木和漫画书呢。”

我被一一的话给触及心中很柔软的一部分，慢慢觉得原来呵护自己的不只是许先生，还有这样一位六岁大的孩子。

一一进屋里看电视的时候，许先生和我坐在屋外看月亮升起。两人裹着薄毯子坐在藤椅里，秋露渐渐地笼罩下来，带着几丝凉意。屋内有鹅黄的灯光照出来，头顶是皎洁的月光。

“你要给我钱。”

“嗯？”

“你不知道吗？十五的月亮十六元，转我支付宝。”

我一脸坏笑地冲着许先生伸手，许先生轻打了一下我的手掌。

“小浅，今儿个都十八了，还十六呢？”

“哦，那就十八元。”

“小财迷。”

许先生刮了一下我的鼻子，把我搂得更紧。

“哎，你知道吗，月亮姑娘很可怜的。”

“嗯？可怜什么？”

“你看啊，只有在十五的时候大家才会抬头看看她，可就在那天她梳起了刘海儿，露出了一张大圆脸，却被大家伙全看光光了，多不好意思呀。”

“没事，有人会整天看得到她，其他人的看法也许人家月亮姑娘丝毫不在意呢。”

“那……你会不会哪一天也看腻了我的平庸，就和大多数人一样，只在某天想起我呢？”

我突然开口问道，明知道他不会，可还是很想听他亲口说一遍。

“一个家庭不需要两个颜值担当，看我够了。”

“喂！许铭泽！”

原以为会是他特别深情的情话，谁知道他居然这样回答，还不是说我不好看嘛！

“浅浅姐姐，我想睡觉啦。”

正准备发飙的时候，屋内的一一站在门口脆脆地开口叫我。我立马把毯子放在许先生身上，带着她去洗漱，给她收拾床铺睡觉。

带她在屋里睡觉的时候，我趴在床边给她压被子，小丫头突然看着我，直愣愣地带着一丝哭腔开口说：

“浅浅姐姐，我觉得我还是有点儿缺泽哥哥的，你明天还能和我们出去玩儿吗？”

我趴在床上，温柔地看着她，摸了摸她的头，笑着告诉她“好”。小丫头这才满意地闭上了眼，和我道晚安。

许先生，缺你的人如此多，多幸运拥有你的是我。

——End

和许先生的“第一次”

1

霜降之后，天陡然就凉了下来。

因为工作轮轴转，我好不容易调养好的身子，这段时间又在半夜咳了起来。我心疼许先生上班辛苦，眼巴巴地和他说分房睡几天，等病好了再回屋里。

谁知许先生闷声不响地敲了我脑袋一下，眼神里分明写满了嫌弃，却从被子里起来趿拉着拖鞋去厨房帮我拿温水。

等我喝完热水躺下，从背后帮我顺气的许先生突然沉沉地叹了一口气。

“怎么啦？”

我略带鼻音地问他。

“总觉得你这隔三岔五就生病的身体，是我给造成的，要不是……”

我连忙翻了个身抱住他，头埋在他怀里，为了不让他再说下去，赶紧插嘴说：

“睡吧睡吧，明天还得上班呢。”

早上出门，许先生站在院子里等我，看我穿着一件驼色大衣散开着从房里出来，厉声叫住我。

“小浅！回屋里把围巾戴上！”

“啊？可是现在才十一月初，不需要戴围巾呀。”

我拿着钥匙站在走廊边，本能地回答说。许先生皱着眉看向我，我脑子才转了起来。一时忘了自己是个病人身份，而对面站着的是老中医世家的孙子。

我重新穿戴好坐上车，驾驶座的许先生突然俯身过来，我被吓到，身体不自主地朝后缩，肩膀却被许先生抓住，他从后边抽出安全带帮我扣好，又把我脖子上随意搭着的围巾裹了两圈儿。

虽说都已经结婚，可看着许先生做这些时，我的脸仍旧不自觉地红了起来。许先生看我的反应有点儿好玩儿，故意俯身看着我，不动也不说话，表情饶有一股期待意味。

我就势看着许先生，没忍住笑意地凑上去，亲了他一下。

“许太太终究是比顾小姐聪明的。”

得了便宜不卖乖的许先生笑着调侃我，我嗔怒地看向他。

2

这句话多么似曾相识。

大二那年寒假在一起后，我俩除了牵手之外，好像并无更多的肢体接触。许先生对于男女之事不知是真不知道还是害羞，每次我俩牵手，他都似乎特别郑重而窃喜。那是一种很儿童般的行为，作为他女朋友的我也没好到哪里去。每次我只能像个小傻瓜一样，低头顺从地被他牵着走在身侧，嗯嗯地回应。

有时，我都暗自觉得这就是所谓的“柏拉图恋爱”吗？可脑子里一转到不好意思的画面，自己就会觉得特别羞耻，怎么可以对许先生产生这种念头。

我的确是个头脑愚钝的人。

开学前因为两人忙于春节走亲戚而有很多天没见面，再从外地回到 A 市的时候，许先生就约我出来。

两人一路闲逛不知怎么就回到了高中，我想起高中总是躲在门口的旧书店翻小说，不禁觉得原来这个以为再也不想回来的地方，还是有许多记忆与念想。

或许是看我的表情不对劲，许先生便拖着我朝门口走去。

我们高中以严格著称，外面的人一般都进不去，就连回母校探望的学生都必须打电话给老师确认后才让进去。我实在不想还和高中老师有牵扯，扯住许先生试图让他别去了。

“难道你不想和我一块儿回高中看看吗？”

前头的许先生开口，我愣住了。

想，很想。这里才是我俩真正的开始，是承载回忆最多的地方。

“可是要麻烦老师是不是不太方便……”

“傻。”

许先生拽着我朝前走，轻蔑地对我吐出一个字。

果然，世界上是有一百种证明自己不是坏人的方法，而最有效的一种莫过于刷脸。

我忘了就算我们已经毕业，这所学校的工作人员却始终是那么些人，他们看过无数届的学生进来，又送走过无数届。可每一届中总有那么几个人，是会永远被他们记在脑中的。哪怕日后想不起这个人的名字，记不清这个人的脸，可是一提到旧事，那种恍然大悟“原来就是你”的表情却绝对会涌现。比如，现在就差收下门口大叔递过来的橘子的许先生。

许先生的出名程度远远超过想象，我俩登记一下就被放进来后，我斜眼问他怎么和门卫大叔这么熟。

“大概是长得太好看了吧。”

“臭不要脸。”我给了他一记白眼。

“好啦好啦，是因为高中时老麻烦达叔，一来二去就熟了。”

“哦。”

“刚刚达叔还问你是谁来着。”

听到这儿，我突然好奇许先生在外人面前是如何介绍我的，便停步饶有兴趣地看着他。

“不告诉你，就不告诉你。”

笑得一脸奸诈的许先生看着我，在我的怒火快烧起来的眼神下撒腿就朝教学楼跑去。

“许铭泽！！”

打闹着的两人一路追到了教学楼天台，现在是上课时间，上楼时并没人，许先生一路带我躲过会有老师经过的地方，两个人像是回到高中后逃课出来怕被抓的学生，我被带着竟也觉得意外好玩儿。

教学楼天台几乎是全校人心照不宣的秘密基地，但这个地方总是会被学校用大锁锁起来，可是每一次锁起来就会被撬开，而且能够原样挂着像没事一样。这种把戏当年在我们当中就很流行，许多人因为这个躲过了老师们一次又一次的抽查。

我俩站在天台门外，看着许先生一直在研究那把锁，我帮忙放哨，一直盯着楼下的动静，心都快提到嗓子眼儿，不停地问他“好了没，好了没”。

终于在楼下的脚步声停止的那一刻，许先生把锁给研究开了，我欢喜得差点儿叫出来声，好在身后的许先生及时堵住了我的嘴。

从身后被环住后堵住嘴的我，鼻翼呼出的热气都明显感到在加深，心跳不知为何就加速变得超快。

进入天台后，便是一个大坪，我小跑地朝天台边跑去，才刚跑到沿边还没来得及告诉他此刻我的心情，身后的许先生突然就拽着我朝天台背面跑去。

我们才刚在水塔背面蹲下，便听到坪里传来一声特别严肃的急喘的叫声。

“谁！谁在天台！我都听到声音了，不想挨处分的最好给我出来！”

教导主任！

一想到教导主任那黑着脸、用力摔杯子骂人的场景，我就被吓得两眼瞪得圆鼓，看着抱住我双肩的许先生。许先生伸出手在嘴边示意别出声，又摆摆手让我别怕。可听着教导主任越来越凶的斥责声传来，我的身体本能地就开始发颤。怕我自己会叫出声，我伸出手死死地捂住嘴。

“唔。”

下一秒，许先生便一把把我抱在怀里，我的脑袋抵着的就是他的胸口。心跳莫名地又开始加速起来，一下一下回响在我耳边，呃，好像在我耳边回响的并不是我自己的心跳。我贴得再近一点儿，发现同样心跳加速的是许先生。

那一刻，突然觉得我俩好像连加速的心跳都变得一致。怦怦地一下一下传来，不知是因为快窒息了还是害羞，我感觉我的脸都红透了，什么声音都听不到了。

不知过了多久，许先生在我耳边轻声说："别怕了，他走了。"

我当时明明是"嗯"了一声，很想从他怀里坐起来，可是身体好像特别贪恋他怀里的温度，就是起不来。

忽然许先生一下子撑着我的肩膀起来，抓着我的双肩看着我。我顶着一张红成虾子的脸与他对视，正打算开口，许先生突然就凑过来吻住了我的唇。

半张开的嘴就这样被他亲了上来。

我瞪着双眼还没搞清楚状况，手本能地抓着他的衣袖想把他推开，可许先生却死死地抱住我，不让我挣扎推开。

唇被他的唇汲取，我的手慢慢地无力，从推变成了拽着他的衣袖。

最后我发空的头脑才反应过来，啊，这是在接吻哪。我才慢慢闭眼，学着他一般回应。

第一次的接吻，因为笨拙，两人只听得到牙齿碰到牙齿、嘴唇被对方咬到的尴尬。

可尴尬之外好像更多的是欢喜。

那种和自己喜欢的人接吻的欢喜，从内心深处而来的欢喜。

两人分开后似乎都有点儿不好意思，抱在一块儿各自想着刚刚的那个吻。

“接吻原来真是甜的。”

“唔……”

我害羞得没搭话，手却紧张地死死扣着他后背的衣服。

“小浅还真是够笨的。”

“啊？”

这我就有点儿听不懂了，张口问他为什么呀。

“因为我很早以前就想亲你了呀，可是你不知道是不懂还是装着，总是不好意思看我，老是在我面前低着头。我又不好主动强亲，只好等啊等，要不是今天躲教导主任，还真不知道什么时候会亲到你。”

“呃……”

初吻，就这样在许先生略带霸道而我略带蠢钝的过程中结束。

3

“你想什么呢，一路上都没说话，就在那儿傻乐？”

我感觉到有人和我说话，突然缓过神来看周围。一看发现还在车上，我便松了一口气。

“药效有点儿强，刚刚恍惚地想了点儿事就眯了会儿，到了？”

我正准备松开安全带，许先生突然拉住我的手。

“嗯？”

看着他，我以眼神询问。

“周五高中校庆，邀请函发到了我这儿，你想回吗？”

高中校庆，想回吗？

如果是今天前我是不太想回去的，因为有一堆记不起名字的老同学要叙旧，有一堆不认识的人要跟着许先生去认识，最烦的事情就是社交。

可刚刚的那个回忆，却让我觉得有个母校可真好。

“好呀，正好我也想回去看看了。”

“小浅，我觉得你今天不太正常，要不要去医院看看？不会发烧了吧？”

一看我态度如此之好，许先生倒觉得我是病得说胡话。以往这种事我不提要求是绝对不会出门的，今天竟然如此爽快地答应。

“好啦好啦，我上班去了。”

4

周五出门前，许先生对我的穿着仍旧不满意。我觉得穿驼色大衣就可以了，里边还穿着针织毛衣呢，不冷。他偏偏觉得我不戴围巾、帽子去又得感冒咳嗽，理由是霜降后寒气重。

最后拗不过他，我只好乖乖裹上围巾，他才略微满意地带我出门。

“到时候人家一个个都是光鲜亮丽的，就你老婆的穿着像个北极来的熊，你就高兴啦？”

我坐在车上和他赌气。

“高兴。”

听到许先生这样回，我倒气不起来了，冲他无奈地笑笑。

到学校停好车后，我原以为许先生会先去大会堂和老同学们碰面，可他却带着我兜到了学校回字形的教学楼底下。

“啊？不先去看老师吗？来这儿干吗？”

我被他拉着站在教学楼前有点儿迷糊，不去大会堂来这儿干吗呀。因为校庆，今天全校的学生都在大会堂里待着呢，回味课堂也没啥好看的吧。

“哦，我们不去大会堂，我没告诉他们今天回来参加校庆了。”

“没告诉他们？那我们今天？”

“我们今天先好好逛逛高中，接下来的事再说。”

有时我都不知道这样不按照常理出牌的许先生，是不是那个做事严谨、极少犯错的他。

不过，好像这样的他更可爱。

有时候会很奇怪，明明身高并未比当初念书的时候长高多少，可就是有种毕业之后回母校觉得这儿的一切都小小的感觉。当初在里边的时候，可从来不觉得那些课桌、讲台是极其渺小的物品。

人的心，真是奇奇怪怪得很。

找到当年的班级时，我看到教室窗台外放了许多把伞，不自觉就笑出了声。

“笑什么呢？”

“看到他们现在都用极其简单的折叠伞或者撑伞，方便是方便，却觉得没有我们当初念书时穿雨衣的乐趣。

“对啦，我高一时叔叔给买过一件超可爱的青蛙雨衣。

“据我妈说，当时好像是他俩一块儿逛超市时，叔叔觉得这件绿青蛙雨衣实在是太可爱了，非觉得适合我就买了。我妈当时还说我肯定不会喜欢，都没跟我说，只是在帮我整理行李箱时塞到了里边。等我到学校后，她才发短信说雨天可以用得到。

“谁知道过几天就真的下雨了，我当时拿出来的时候也的确不喜欢，可从宿舍到教室又不想把衣服弄得湿漉漉的，只好硬着头皮穿上。

“那天，刚好学校教学楼前的坪里不知发生了什么，所有人都趴在阳台看。我好像一不小心就闯进了大家的视线，绿色青蛙雨衣实在太打眼，我都听得到楼上有人在叫唤。当时回到教室，全班人第一次集体看着我，然后哈哈大笑。

“想想我为数不多被大家记住的场合，竟然还有一次是因为一件雨衣哪。”

现在想起当年那个因为大家注视而觉得羞愧的自己，都觉得好笑。当时是怎么会那么胆小呢？因为穿了一件稍微特立独行的雨衣被大家注视，就觉得好像自己做了什么大逆不道的事一般。虽说与大家关系冷淡，可当这种距离感从幕后被拉到了明面上，自己就会变得手足无措。

“嗯，这件事我知道。”

“啊？你怎么会知道？”

刚说出口就想起来，当初可不是我单方面地知道许先生和我同校，许先生知道我可早得多。

“因为，后来学校又出现的那一件绿色青蛙雨衣是我。”

“啊？！”

这个消息实在是让我受惊不少。

“那个人是你？”

“嗯，当时我不确定你是否知道我也在这个学校，又刚好那次下雨你的雨衣实在太打眼，年级里一下子就传开来。我看到你的座位边放着那件雨衣，就想下次下雨天你总会再穿。然后我满城地去找和你一样的同款，最后在河西那边找到一件。不过是大青蛙，比你的雨衣颜色深一些。买到后，我就苦等着下雨。

“可不知道是老天和我作对还是怎么的，那段时间明明是雨季，却连着半个多月都没再下过一场雨。最后终于下雨了，我满心欢喜地穿着大青蛙雨衣下去，特意在楼下停留了好一会儿。

“等到阳台上看热闹的同学越来越多之后，我想估计你也知道了，就算你再怎么不留意旁人，一个和你穿一样雨衣的人你总会有点儿好奇，打听打听估计就能知道是我了。”

“可是……”

那段时间我因为爸爸生病得动手术，而请了十天的假在医院陪护。等我再回学校的时候，又一个青蛙雨衣的劲头都过去了。只有班上同学很偶然地提过一次有人和我穿一样的雨衣，其他的信息就再没有了。

而青蛙雨衣我也再没穿过。

没想到当初许先生竟然做过一件这么萌的事，和我一块儿穿了一件青蛙雨衣。

“嗯呐，后来发现你居然请假回家了。我心想故意做的一次噱头，你都不知道，太可惜了。”

时隔多年的许先生说这句话的时候，不知为何竟然萌了我一脸。

“哈哈，下次我买两件青蛙雨衣，我们再穿一次，好吗，好吗？”

我才挽着他说完这个提议，许先生就立马一副“再穿你杀了我”的表情，朝前逃走。

“许铭泽！你给我站住！”

回字教学楼里，久久回荡着我的吼声。

5

我们俩追着在教学楼里跑的时候，许先生突然停住了脚步。我跑过去的时候，发现走廊那头站着一个男人。

“许铭泽！”

咦，这声音好熟悉，走近之后我才发现是当初有过一面之缘的黄磊。一看到他，不知为何就想起他说过的喜欢我那么久，怪不好意思的。

“顾浅也在啊，你俩还真会躲哪。”

黄磊和许先生打着招呼，两人似乎玩得还不错，见面都捶了对方一拳。

“你怎么也在这里？没去大会堂见老师吗？”

“去过了，觉得有点儿闷就出来逛逛，没想到碰到了你俩。我就觉得老师们说你不来，我不信吧。你果然偷偷地过来了，可以啊。”

“你可别闹了，等会儿还是会过去打招呼的。”

“你俩在这里干吗呢？”

“扑哧。”

我突然笑出了声，又觉得好像打断了他的问题，连忙转身道歉，让他们继续。

“笑什么呢？”两人同时开口。

“啊？嘻嘻，其实也没什么，就是看到这个教室黑板上写的公告，想起了当年我们读书的事，有点儿好笑。”

“咦，《离骚》？有什么好笑的吗？”

许先生也有点儿闷头闷脑，不懂我笑什么。

“其实就是一件小事而已，说起来好像也没什么的。只是看到《离骚》想起当年许铭泽背书了，我记得那时语文老师好像要求必须全文背诵，当时我俩还没相认，我知道你们班有背诵任务后，就知道许铭泽肯定不能过关。

“果不其然，连着好几天早晨做早操时，我都看到他趴在桌上拿着语文书，嘴里念念有词。

“后来有一天早晨下去集合做早操时，我看到趴在桌上依旧拿着书的他，心想他背不出来肯定不会好好吃早饭。

“我脑子一热就撒腿沿着另外一条道跑下去，冲到食堂去买了包子、豆浆。当时天冷，我下意识就把包子塞到了校服的里边，又一路狂跑地跑回你们教室。

“当时真是我体能大爆发的时刻啊，等我返回教室时，大坪里的早操都还没开始呢。

“我就站在这儿看了他一会儿，他倒是一直念念有词地没注意到窗外的我。最后实在是受不了了，我就把早餐放在了一组一号，大叫了一声撒腿便跑了。

“现在想想当初都忘记调查他有没有吃到那份早餐呢，还真是有点儿傻。”

说完后，周围却异常安静。我有点儿尴尬地干笑了两声，看着他们俩。

许先生没说什么，只回我一个温暖的笑。倒是旁边的黄磊哈哈地笑出了声，把我弄得一头雾水。

这种感觉太奇怪，就好像我说的这件事好像他俩知道些什么，而我却完全不知道的恐惧感。

“你这可是不傻，是笨。当时你把早餐放在一组一号，许铭泽就算听到那个声音回过头去了，可他也不会知道那个早餐是给他吃的呀。

“不过呀，这傻事还好你只做过一次，某人可不止做错过一次啊。”

黄磊突然意味深长地拉长语气，看了一眼在旁边不说话的许先生。许先生看着黄磊，一副“你敢说你就死定了”的表情。

我一看觉得好像有什么内幕，立刻笑得一脸灿烂地挡在他俩中间，看着黄磊示意他继续说。

“顾浅啊，你高二的时候，难道忘了连着一个月和你同桌都收到早餐啦？”

咦，这件事他怎么知道。

高二不久之后，我和我同桌的确莫名其妙地每天早上都会有早餐收。我的是豆浆和油条，同桌的是牛奶、面包。每天早上我都会在回教室后收到，而且根本不知道是谁送的。

我因为不知道把早餐退给谁，自己又从来不喝豆浆，而同桌也不喜欢喝牛奶。我俩收到的这份早餐便都给了周围同学。

也就是说，连续收到一个月的早餐，我俩其实一口都没吃过，而我们也完全不知道对方是谁。

这件事除了我们班的人，还有谁知道？难道送早餐的人是他俩！可许先生完全不像做这种事的人啊。

我瞪大了眼睛一副吃惊的表情看着黄磊。

“是的，就是你想的这样，早餐是我和许铭泽送的。

“当时我是想追你，然后有一次下课看到你和你同桌一块儿走。我就问许铭泽那个女生怎么样？谁知道这家伙轻描淡写地说了一句还行，然后过了几秒，又说了句她旁边的挺好。

“我一听，以为他看上了你同桌。我心想这可太好了，本打算了一堆的说辞游说他和我一块儿送早餐，谁知道我才和他提议，他头都不抬地说好，钱他出，东西我去买我去送。

“我想好啊，两个人追总比一个人强，就答应了。

“当时流行《豆浆油条》这首歌，我就想给你送豆浆、油条，然后许铭泽指定必须买牛奶，我就组合了牛奶、面包。

“可送了一个月后，我发现早餐你俩都没吃，便彻底放弃。

“当时我还纳闷许铭泽这千年不近女色的人，居然对你同桌感兴趣呢。搞半天他以为我追的是你同桌，他自己送的是你呢。”

“你个臭小子！你还好意思说，是吗？”

身后的许先生突然就朝他冲过去，黄磊哈哈大笑着跑下楼去，说着等会儿大会堂再见面。

所以，他说挺好的那个人是我？因为知道我喜欢喝牛奶而特意强调必须买牛奶？所以，当年我只头脑发热地送过一次失败的早餐，而他头脑发热地一个月都在以为给我送了牛奶？

“当时你怎么就答应送早餐的啊？”

我叫住还在楼梯口叫唤的许先生，开口问道。

他站在那头，看着我竟像是那个回到十七岁的许同学，他笑着说：“因为，一直很想小浅吃到爱心早餐哪。”

“傻瓜。”

6

等到我们回去大会堂，和所有人一一打完招呼，在学校聚完餐寒暄一阵后，许先生终以我身体抱恙为由，牵着我提前出来。

我俩走在异常安静的校园内，走到校门口的那个下坡时，我想起高二我俩和好那会儿，也是这般好月色地从校园内走回宿舍。

那时只觉得两个人的心都跃跃欲试，可谁都忍着没开口。

有一晚月亮特别圆、特别亮，我们走在路上的时候，我频频抬头看月色，不断欢呼“今晚的月亮真美”。许先生一路跟着说“是的，是的”。

后来听好妹妹乐队的歌时，我还调侃说这歌词当年我俩就说过啦。

快到宿舍的时候，我脑子里一直在想：“许先生是喜欢我的吗？是吗？”越想越乱，头也低得越来越低。眼看宿舍就在前边，我突然站住回头，乘着月光，特别认真严肃地看着他说：

“那个，我想问你……”

他也站着看我，表情里全是专注，我在亮铮铮的月光下只看到他的眼里有两个小小的我。

那一瞬间，我突然问不出来了。不管答案是肯定还是否定，我都不问了。

我快快地回头说着：“算了，不问了。”

身后的许先生却异常坚决地回了我一句：

“是的！”

“啊？”我疑惑地回头看着他，可他只是用宠溺的表情看着我，冲我挥手说晚安。

想起这事，我问身边这位已经成为我老公的许同学。

“当年你送我回宿舍的那晚，我都没问出口的问题，你怎么就回答了我呢？”

牵着我的许先生突然温柔地笑了，把我的手塞到他的口袋里，边走边慢悠悠地开口说：

“因为，我一直是如此爱你，很爱很爱。”

——End

值得拥有许先生的全部

1

近几日杂志社里的气氛不太对，小姑娘们偏爱扎堆聊天了，而且午休的两小时可以都待在茶水间里嘻嘻哈哈地聊个没完，不想知道也会因她们的笑声以及止不住的少女心的表情而知晓缘由。

十一月上映的某台湾电影，据说是打着《那些年，我们一起追过的女孩儿》，与《初恋这件小事》的合体而来。对了，电影的名字还特别少女——《我的少女时代》。

因为和许先生待久了的缘故，我俩极少去电影院看电影，一般就是周末有空的时候，两人窝在家里看片。我们也很少看这类青春片，用许先生的话说就是“牵个小手都害羞到不行的青春，哪来的堕胎”。

所以，我对这部电影并不抱什么幻想。

下班回家的时候，许先生难得这么早下班来接我。上车的时候，刚好电台放了一首歌。

“原来你是我最想留住的幸运。”

很柔软的女声唱到这句的时候，不知为何我莫名地觉得心里悸动了一下。再听这首歌，我竟发现曲调出奇地好听，歌词却听得并不太真切。

许先生看我一脸认真地张着耳朵，觉得好笑，便问我在干吗。

我耷拉着脑袋，换个舒服的姿势倚靠在背椅上，无辜地看着前方嘀咕道：

“别人都有人陪着看电影。”

许是语气中流露的委屈太明显，许先生没来由地扑哧笑出了声。

“是是是，那我们周末去看个电影，补补当年欠的那些电影票怎么样？”

虽然我心里对电影并没有什么大要求，可是看到杂志社里那些姑娘们欢呼的样子，还真是让人有点儿羡慕。现在许先生说好，我自然是开心地提醒他不要随口说说。

这段时间我和许先生都挺忙，两人都没在家里生过火。只是很偶然地我妈过来看我们时，会给我们准备个晚饭，其余时间都是在外边凑合。

今日难得下班这么早回去，掌勺的大任就交给了许先生，我乐得轻松地去书房搜索今天车上放的那首歌。

原来是 Hebe（田馥甄）唱的，名字就是《小幸运》，而且更巧的是，这首歌是今天才知道的那部电影的主题曲。我顺便搜了一下《我的少女时代》这部电影，搜完发现网上好评一片，很少看青春片的我，这次不知为何很想看看这部电影。

吃饭的时候和许先生说起看电影的事，许先生没意见，说全听我的。

他嚼着菜抬眼看了我一下，说出全听我的时候，不知为何，我觉得他好听话，心都被酥到。

不过下一秒，他便特别严肃地指着碗里的螃蟹说：“不许再吃，你胃寒，当心夜里又胃痛。”

每逢这种时刻，总有种上帝私藏了那个温柔的许先生，而给了我一个魔王的他的感觉。

周末，我们两人准备出发去看电影的时候，我在屋里问他把头发扎成丸子头怎么样，这样显得我还很年轻，还没嫁人。

“就算没嫁人，你也是我的。”

在客厅里收拾的许先生毫不留情面地飘出一句话来。

我从卧室探出脑袋，不满地看着他，慢悠悠地说：“许大呆子，我的意思是丸子头显得我年轻。”

“嗯，顺便说一句，那个蓝色发夹也挺不错的。”

许先生把休闲夹克扣起来，冲我笑着说。

我缩回卧室收拾，心中居然有了种回到当年念书时，要和他出去约会的那种小心翼翼又藏着甜蜜的感觉。

2

和许先生在一起之后，我俩在一块儿的时间并没有很长，便是各自回到各自的学校，开启异地恋模式。

寒假在一块儿的时候，因为一个住在城西，一个住在城东，所以两人都是约好一个地方出来碰面，除了有一次。

那次是过完年回来，因为之前两人商量好过年时期还是暂时不联系的好，所以回家之后我给许先生发完短信告知，因太累便关机缩在被子里补觉。

晚饭的时候被妈妈叫醒吃饭，没精打采地扒拉着饭，从外边回来的叔叔进屋的时候，把衣服给妈妈，还顺口说了一句："这么大冷天的，进小区看到一个小伙子站在雪地里，也没撑把伞，现在的年轻人哪。"

我猛地抬头，玄关处的妈妈还在和叔叔念叨，我把筷子扔下，穿着睡衣回房，立马找出衣服、帽子来换上。我总有种不好的预感，觉得这个在大雪中等的人，会是许先生。

这么蠢的事情，除了他还会有谁。

越想越焦急，越急羽绒服的拉链我怎么都拉不上，最后索性敞开着从房里冲出来。妈妈看着才一会儿工夫就全副武装的我目瞪口呆，问我去干吗。

我站在门口，和他们面面相觑，一句话都说不出来。

我如此匆忙，竟然连个理由都忘记找了。可是下一秒我还是冲过去，利索地穿好鞋，闷闷地说了一句出去一会儿就回来，便拉开门，朝楼下跑去。

我一路跑，一手抓着帽子，寒风一个劲儿地往敞开的羽绒服里灌。

我脑子里只有一个念头："许铭泽你个猪，你个蠢货。"我满脑子都是要骂死这个不知道冷的家伙，是不是没带脑子。

跑到小区门口的时候，我看到那个站在雪地里背对着我的黑色羽绒服背影。黑色的羽绒服上已经落了薄薄一层雪花，他不断地跺着脚，双手插兜，低着头在走动。

我慢慢朝他走近，忍住想骂他的冲动。

“顾浅。”

距离他还有两米的时候，我猛地站住。全身的毛孔都一点点伸展开来，这个叫我的声音，来自于身后。

而前面这个黑色背影也在这声叫唤中回过头来，我整个人都懵了，瞪大眼睛看着他。

他，并不是许先生。

嗖地转身，我才看到穿着亮黄色羽绒服的许先生双手插兜歪着脑袋看着我。

“你怎么在这儿？”

他朝我走来，一脸疑惑地问我。我强忍着眼泪，鼻子止不住地发酸。在他离我还有几步距离的时候，我朝他跑过去，一把抱住他。

刚刚所有汇聚的愤怒，此刻全部转化成了“还好不是你”松的那口气。眼泪不知道为何就止不住地往下流，我抱着他一个劲儿地哭。

许先生觉得莫名其妙，但是并没有多问，只是抱着我，不断帮我顺着背，低声安抚说“没事没事”。

渐渐地我停止了哭泣，许先生帮我擦干净鼻涕、眼泪，皱着眉弯腰帮我扣好羽绒服拉链。

“这么冷，你怎么不拉好拉链就出来了？很容易冻感冒，你怎么这么不会照顾自己？”

他的话一出，我的鼻子就又发酸，委屈地可怜兮兮地看着他。许先生看到我的表情，皱着的眉慢慢舒展，帮我搓着手，柔声道：“好好好，我不说了。”

我看着他，心里想：就算那个站在雪地里很久的人不是他，可是他怎么没和我打声招呼就过来了呢。万一我还在睡觉，他不也会和那个男生一样站在雪地里等我吗？越想我还是越生气。

“你还说！我在家吃饭，叔叔突然进屋说小区门口站着一个男生，不打伞地站在雪地里很久。我想我上午给你发完短信就关机了，还以为你过来找我了，在底下站了这么久。把我急死了，你还说我。”

“我错了，我错了。”

许先生看我噘着嘴、耷拉着脸，立马抱住我道歉。

“还好不是你。”

我缩在他怀里，闷闷地说。

“不过，你这个时候怎么在这儿？”

“你给我发短信的时候，我给你回了好。下午的时候，我送姨妈一家回来，刚好在这附近，我就散着步走过来了。谁知道刚到你们小区门口，就看到了你。我还想你怎么知道我在这里，给你打电话发现关机，试着叫了你一声，才发现真是你。”

许先生说这话的时候，用力抱紧了我一下。

这世界如此嘈杂混乱，那是我第一次体会到，除了家人之外，还有一个人让我如此的惦记。担心一切不好的事情涉及他，发现不是他后那口松下来的气，又是让我如此感恩。

生活啊，可真讨厌，可是你在我身边是如此可爱。

3

这次乌龙事件之后，我更是和许先生三令五申千万不能不告诉我，就在楼下等着。然后一个寒假，我俩都是在第三方相聚，直到开学两人又变成异地模式。

我对于感情一直是懵懂的、后知后觉的，那时宿舍里有姑娘谈恋爱，男朋友就是学校的。两人整日里从早到晚黏糊在一块儿，吃饭一起，自习一起，就连回寝室都会在楼下腻歪半天。

我实在是不懂情侣之间的大把时间都花在对方身上，有必要吗？好在许先生也是在一起更好而分开也没什么不妥的人。

所以我回学校之后，没开口和大伙儿提起过自己已经有了男朋友这件事，整日里还是照常上课、自习，一个人吃饭。和许先生仅限于每晚我从自习室回去的路上，会打个十几分钟电话。

这样的状态过了半个学期，许先生突然说要来 C 市找我。我当时刚考完期中考，课程减少，也没什么压力，想着也有许久没见他，便说好。

帮他订宾馆，给他查路线，再三询问需不需要我去接，许先生强硬地表示他自己知道如何去，不用接。

当时我也是没太懂为什么他知道如何去，不过没细想就说了好。

最开始知道他要来的时候，我并没什么特别的感觉。可日子一天一天逼近，到了前一晚的时候，我的心却是止不住地狂跳，心里很紧张。

睡前和他说注意安全，关机之后躺在被子里却怎么都睡不着。我睁着眼看着天花板，脑子里回想的全是这么多年来和他相处的场景，这一次等一个真正地属于我的他，心里竟然会甜蜜得睡不着。

我觉得自己和那只等着小王子驯服的红狐狸特别像，红狐狸说：“如果你说你在下午四点来，从三点开始，我就开始感觉很快乐，时间越临近，我就越来越感到快乐。到了四点钟的时候，我就会坐立不安，我发现了幸福的价值，但是如果你随便什么时候来，我就不知道什么时候准备好迎接你的心情了。”

我现在就是如此，已经被你驯服，在甜蜜地等待你的到来。

最后我迷迷糊糊地睡过去，第二天醒过来的时候才发现睡过了头，急急忙忙下床收拾自己，一看手机却发现他已经到达学校，正在外边等我。我竟然在换衣服的时候对着镜子不自觉地笑了出来。

下寝室楼的时候，我看到了站在不远处背着包的许先生，一步一步朝他走过去，心里那股好久不见的羞涩，还有压制住的快乐，怎么都不能隐藏。

就算小王子喜欢的是玫瑰花，可是我还是愿意做一只被你驯服的红狐狸。

4

和许先生到达电影院的时候，电影已经开场。

我拉着他弯腰进去坐好，在他耳边轻声耳语说就怪他一定要我戴那条黑围巾，耽误了时间。许先生倒是一副无所谓的态度，拉着我坐好之后，把爆米花什么的放在座椅上，便专心看电影。

电影本身其实并没多大看点，可是最后我还是哭了。

电影院的一大群人，看到最后只听到一阵啜泣声。身边的许先生颇为无奈地帮我从包里找纸巾，给我擦眼泪、擦鼻涕。

从电影院出来，我还一个劲儿地低头擦眼泪。旁边走过来一对情侣，女生也在哭着冲男生大声叫唤：“你怎么都不哭，这么感人啊！”那个男生很尴尬地拉了一下他女朋友，压低声音说：“要哭回家哭，这么个样子像什么。”

我擦着鼻涕，看着他们，身侧的许先生帮我拎着包，正给我递纸。他一言不发，并没有呵斥我的丢脸，也没有一副嫌弃的样子，只是温和地走在我身侧，给我递纸巾。

“你怎么不和那个男生一样说我哭什么哭啊？”

我仰着一张红肿的脸问他。

“毕竟我叫许铭泽，允许你哭。”

“扑哧。”

我被他套用电影里台词的这句话笑喷，用力擤擤鼻涕，噘着嘴挽着他走。

“你知道吗，我其实很能理解林真心。”

“理解她的什么？”

“理解她的自卑，理解她的不舍。其实我们本质上都是一样的缺乏安全感，可是因为在长久以来的生活过程中，我们并没获取过这份安全感，反而可以不再需要它。

“没有过的东西，我们从来都不畏惧。可是一旦拥有过，却是会害怕失去。

“我们哪，都遇到过一个很优秀的人。这个优秀的人带我们走过荒芜，走过四下无人的空旷，带我们走进草长莺飞，带我们见识到这个世界上所有的美好。

“你说，我们有了这么优秀的人生指导，失去之后难道不应该难过吗？

“一想到我们曾拥有过这么优秀的人，后续再跟进多少，我们都会扪心自问，他真的是我们需要的吗？我们值得拥有更优秀的人，那为什么要将就呢？

“那个人带我们打败了不堪一击的自己，走进一个新世界，而这个新世界里就全都是他了。”

说这些话的时候，我挽着许先生站在电影院楼下。

阴沉了那么久的天空终于投射下来一丝丝光亮，我看着那股光亮，心中无比庆幸地想：“还好我的新世界一直都是你。”

身侧的许先生从后边挽住我，低声说：“带我走过荒芜的人，其实是你。”

我一脸疑惑地看着他。

许先生轻轻拉着我的手，沿着街道走去。

5

“小浅，其实我和你不是初二才认识的。

“初一的时候，我因为当时的家庭问题出现了很大的心理阴影，也许又加上青春期，我整个人其实是处于一种分裂的状态。

“人前我成绩好，讨老师、同学喜欢，做着所有人都喜欢的事。可我自己其实很讨厌这样，我更喜欢人后的我——自私阴险，有着同龄人所没有的冷血。

“当时我都觉得自己分裂、有病，有一次大中午我没回教室午睡，而是去操场跑步。当时可是酷暑，我一个人不知道跑了多少圈儿，只有这样仿佛才能让身体里的另一个我抽离。

“然后，我就看到了你。

“我不知道当时你在干什么，一个人坐在树下对着前面的一堆沙子念念有词。我跑了几圈儿，你才抬眼看到我。后来我感觉得到你一直看着我，可是我的身体已经很虚弱，就闭着眼跑。

“当时我以为你会觉得我这个年级第一有病，可是睁开眼之后却发现你已经走到了内圈，跟在我身后慢慢地跑。

“你多瘦啊，肥大的校服罩在你身上，就好像穿在一根竹竿上，一副弱不禁风的样子，就那样咬着牙跟在我身后。

“我当时不知道你为什么跟着我，以为你和那群小姑娘一样喜欢我，想靠近又不好意思。我放慢脚步，发现你也放慢，最后实在受不了了，我就停下来走到你面前，问你到底在干吗。

“你的汗就那样顺着脸流下来，像只受到了惊吓的小鹿低着头，低低地开口说：‘你再跑下去会中暑的。’

“‘我中暑关你什么事？’

“‘生理课我学过急救，怕你中暑之后没人帮你，就跟在你后边了……’

“当时你说这句话的时候，我真的觉得你不是脑子有病，就是蠢到了一定境界。

“后来在学校看到你，你却从来没有正眼看过我，我以为你是故意躲着我呢，可是我发现并不是。你就算从对面走过来，都是一副空洞的眼神。

“我那时才反应过来，你是真不认识我，也不记得我的脸。不知为何，我当时反而松了一口气。

“后来我想了很久，觉得一个跟你素不相识的人，都担心你中暑晕倒没人知道，而跟在你身后默默守着，这个世界并非是冷漠无情的。

“再就是初二你以最后一名到了我们班，我发现你还是不知道我。上课的时候我就总是把东西扔到你桌下，想看看你是否真的没脾气。

“没想到你真的好说话，每一次都不厌其烦地帮我捡起来，然后低着头继续做题。

“班上的其他女生明显是为了接近我才和你搭讪的，指使你做那些事，你却觉得她们都是好意，傻兮兮地去帮她们做。

“小浅，真的，我一直觉得你是这个世界上最善良的人，是这个世界上唯一走进我心里的人，是你告诉我，心里的寒冷是会被温暖融化的。

“所以，我世界里的荒芜一直都是你驱散的，所有的新世界也只有你。

“你总觉得自己不配拥有，其实，这个世界上只有你配，只是你自己不知道罢了。”

我看着许先生的脸，第一次从许先生口中听到这些话，不知为何心里有个地方在决堤，哗啦啦的汪洋大海涌入，让人感觉胸腔涌起一股热流。

我一直都自卑胆小地爱着许先生，我惶恐不安地拥有这么好的他，我迟疑不决他的坦荡与坦诚，我总觉得新世界里一定得有他，可我不确定这个期限。

我爱得如此小心翼翼，可是现在他告诉我：

“小浅，我的新世界也只有你。

“所以，小浅，你知道吗？我一直都好想好想爱你一万年。”

所谓的少女时代，从来都不过是你给的这颗少女心，它才显得如此珍贵。

“嗯，爱你一万年。”

——End

CHAPTER THREE

牵着你的手
一起幸福到地老天荒

许先生的冬日回忆

1

A 城的冬一直是我最不喜欢的季节。

不下雪，整日整日飘着阴冷的细雨，还有胡乱刮着的风。除去上班的日子，我便整日缩在家里，连去妈妈那儿都懒得跑动。

离过年还有段距离，杂志社的工作并不算太累。相反，许先生他们公司，因为要准备年会、总结等一系列琐碎之事，他便每日加班到很晚才回来。

合伙的公司越到年末越是有一堆事情处理，许先生从不和我说公司里的事，除非他每次把账单报表带回家，我会帮着他审查一下，看有没有纰漏。以前不是没和他提过，虽然我在杂志社上班，但是工作量真的不大，我大学学的又是会计，毕业之后进入的财会岗，可以帮着他们审查月末报表的。

但是这个提议才说出口，许先生便摇着头说："我们公司又不是没有会计，还要我老婆兼职给我打工，也太不人性了。"

这样一来，我倒也乐得轻松不再过问。

这段时间如此之忙，许先生却坚持每天早起给我做早餐，再嘱咐我喝药、穿衣，送我去上班。

晚上回家的时候，我缩在沙发里给他削苹果，边削边告诉他说：

“你明天不要再早起了，多睡会儿，早饭我来做，药我也会喝，腿现在根本感受不到寒。你太把我当小孩子了，你这样我很自责。”

“最冷的时刻还没到，没人监督你肯定不会按时吃药，到时候你腿寒起来，真正自责的是你老公我。现在叮嘱你几句并不碍事，只要你乖，一切都没关系的。”

许先生从我手上接过苹果，把我搂进怀里，宠溺地亲了一下我的头顶。

沙发后的猫咪叫了一声，许先生吃吃地笑着去逗它。我随后翻着茶几上的杂志，看到周末景区有推荐的温泉，正准备翻过去的时候，许先生突然把杂志拿了过去。

“咱们周末带着影后去泡温泉吧！你的腿寒，多泡温泉有助于血液循环，你这么久没出门，估计早憋坏了，你说怎么样？”

我还没说话，影后倒是从沙发后边钻了过来，坐在我俩中间，两只绿眸子盯着杂志不眨眼。我看它这么专注，便笑着说：“好啊，带上影后，这泡温泉的猫会是怎样的，我还真想看一看。”

许先生玩了一会儿猫，把我腿上快滑下去的毛毯盖上来，轻轻敲了我脑袋一下，嘱咐我早些睡觉，不要贪凉了，便进书房继续工作去了。

我低头看着盖在腿上的毛毯，第一次觉得当年任性的自己是有多么不懂事，才会落得现在让他如此担心。

2

大三那年冬天所发生的事情，至今都是我和许先生很少开口提及的一件往事。并不是说有多么难以启齿，而是这件事的后果一直以我的腿寒作为烙印般存在于我们的生活中。

当时已经经历过一年异地恋的我们，感情里边也没有出现第三者，两人的性格都是相对独立的。我不太爱社交，除了上课之外便是一个人溜达。书屋待得比较多，偶尔出门在周末做个义工。

寝室里的女孩儿都很活泼，我虽独来独往，和她们的关系倒也融洽。

性格使然，我和许先生在一起的时候感受到了身心愉悦，但是分开之后，除了前两天的落差感，后边倒都觉得挺好。

我一直坚信，好的爱情是两个独立的人格相遇后，决定去遇见这个世界上其他更美的事情才结伴而行。

所以，在一起是为了更好的快乐，而分开是为了完善更好的彼此。

年轻时候对于爱的理解简单而又粗糙，凭借看的书、听的道理，便觉得理所当然应该如此。

但是我却一直忽略了，爱情是两个人的事情，并不是你一个人上路去享受而另一个自我就能完成。

正比如网络情话所说："你是那春茶，我便是那开水，想泡你。"交融之下的情感，才是最为稳妥的。

可惜当时的我并不能明白，我单方面地享受许先生源源不断的关心与爱护，却极少主动去问候。这种被动在大三那年尤为明显。

许先生当时已经是院里的学生会主席，大三处于交接时期，很忙也很疲惫。我俩那个学期从以前的每天至少一通电话，到每周只能打两个，而且全部都是他打过来的。

圣诞节前三天的时候，许先生晚上十一点多给我打了电话，问及这次圣诞节我要不要回A市，他在学校要忙元旦晚会，没空过来看我。我当时其实最后一门考试已经结束，按道理而言早就可以回家过寒假了。

可我不知道自己在执拗些什么，前两年都是许先生来B市陪我过圣诞，再过完元旦回去。这一次，我莫名其妙地觉得心烦意乱。

恋爱当中那个极度不自信、自卑的我又在噌噌往上膨胀，最后幻变成一个虚伪的口是心非的我。

“那就算了吧，我在学校还有点儿事，不回去了。”

当时B市已经冷到快下雪了，我和许先生的这通电话是我在操场边走边缩着手打的。冷空气不断地侵蚀我的鼻子、耳朵，还有手指。不知道是环境在影响着我，还是本身我就是冷冰冰的，才说出了这样一句毫无温度的话。

对面的许先生沉默了十几秒，过了会儿，他才回答我说那好，注意保暖别冻着了，回家的时候他来接我。

那通电话之后，我俩就陷入了莫名的冷战。

那几天我一直在想，所谓的谈恋爱都是如此让人煎熬、让人口是心非吗？明明想见面的人，却要执拗地拒绝。

直到有一天，我帮室友带晚饭回寝室的时候，她不经意地说出那句话：“顾浅，我真是太需要你、太爱你了！”

我才被惊醒，原来这种状态的出现来源于许先生觉得他并不被我所需要。

本身是冷淡性格的我，在异地恋的状态之下更是如此。不主动、不求助、不依赖，活脱脱地把两个人抽离成了一个人而活。而许先生虽从未抱怨过，可是这次却真的好像生气了一般。

我连忙打电话过去给他，手机通了，对方却是一个女生的声音。

“喂？你找许铭泽吗？他在忙，等会儿再回给你，行吗？”

挂掉电话的那个瞬间，我第一次感觉到什么是失去。整个胸腔都在熊熊燃烧着，脑子里嗡嗡地回响着：“我要失去他了……”“我要失去他了……”

下一秒我就像着了魔一般，抓着包就冲出宿舍，一路狂奔地跑出校门，拦着一辆出租车大声吼着去火车站。

坐在车里的我，当时只有一个想法，那就是要去见他。

“许铭泽，我求求你，不要放弃我好不好，不要就这样丢下我。”

到了车站买上最近的火车，两个多小时的车程，我却像是过了十年一般。脑子里飞快转动着我们之前的种种，以及如果我失去了他之后该怎么办。

到许先生学校的时候，已经晚上十点多了，我的手机自始至终都没响过。我拿着手机朝着许先生宿舍楼下走去，我心里很害怕在楼下看到什么我不该看到的场面，可身体又止不住地加快步伐。

站在他们宿舍楼下看着五楼的灯光，之前许先生存在我手机里的他大学室友的号码，这一次居然派上了用场。

打完电话之后，许先生的室友从楼上风风火火地冲了下来。看我一个人披头散发地站在楼下，他惊呼了一声："许铭泽还在大会堂排练，你要不先进我们宿舍等他吧。"

看到他室友的那一刻，我站在台阶下拼命摇着脑袋，强忍着眼眶里的泪水，死死咬着唇不说话。

他看我这样倔，只好带着我朝着大会堂走去。

"你怎么穿这么少就过来了？冷吗？"

他不时地回头问我，还要把脖子上的围巾给我，我朝后退了退，说："谢谢，不冷。"然后我便不想再开口讲话，一路低着头紧紧跟着他朝大会堂走。

到大会堂外边的时候，他室友问我要不要一块儿进去找他。我突然觉得心里害怕极了，我怕见到他，更怕见到接电话的那个女孩儿。

他室友看我如此坚决地站在外边，便说他进去找许铭泽好了，我扯出一个笑来对他说"谢谢"，却在他转身进门的那瞬间，听到了他低低的一声叹息。

他的那声叹息，就像是压倒我的最后的一根稻草。我的眼泪不知为何就夺眶而出了，一个人站在大会堂外边的路灯下，死死地盯着大会堂门口，眼泪就像是巨大的花洒喷出的热水，滚烫又炙热，不断地从我冰冷、没了知觉的脸上往下掉。

我害怕极了，总觉得今晚要是等不到他，从此就再也不会拥有他了。我积攒了一肚子的话想告诉他："我真的好喜欢好喜欢你。你可不可以不要怪罪如此迟钝的我，不要丢下我。"

心里的汪洋大海彻底决堤是因为大会堂门口那个身影的出现，站在路灯下的我眼泪瞬间狂流了出来。我是极力想迈着双腿朝他跑过去的，可是太冷的我却怎么都迈不出步子。门口的许先生看到我，立马飞跑了过来，一把抱住我。

他抱着我一个劲儿地搓着我冻僵的手，慌张地帮我擦眼泪，想让我把手塞到他口袋里。可是他当时穿着的是西装，根本没有口袋。

冻僵的我反应过来的时候，才一下跳起来狠狠地抱住他，边哭边说：“我以为你不要我了。”

许先生不断抚摸着我的后背，说着：“不会不会，我这辈子只要你，不哭了，不哭了。”

“别在外边站着了，快进屋来暖和暖和！”

门口不知什么时候站了一堆人，许先生的室友叫着让我们进屋去，我这才被许先生牵着朝屋里走。可是我站得太久，又哭了太久，整个人一动就止不住地抖，根本不受控制地狂抖。许先生把西装外套脱下来给我穿上，搀扶着我朝大会堂里边走。

到室内坐下来之后，我喝了一杯热水，人才缓了过来。

等人过了冲动劲儿，我才发现大家全部都围在我身边，许先生穿着一件粉色衬衣在我旁边帮我搓着手、递水。其他人也全部穿着超级正式地看着我，问我还好吗？

我的脸唰的一下就红透了，许先生看见我害羞不好意思，就搓着我的手和大家做介绍。

“这是我女朋友，她叫顾浅。”

其他人发出一阵“我们明白”的声音，看着我们笑。直到有个女生走过来说：“大家都散了吧，让人家缓缓，我们再走最后一遍就回去了。”

这个女生穿的也是正装，声音就是那个接电话的女生。我看向许先生，发现他正弯着腰帮我摩擦着膝盖，皱着眉假装呵斥道：

“你怎么穿这么少就跑过来了，还在外边站着，你知道多冷吗？”

我心里一暖，一把抱住他，不断地在他耳边说着：“我真的好喜欢好喜欢你。”

“嗯，我也好喜欢你，傻瓜，下次不许这样犯傻了。”

当时的许先生穿着粉色的衬衣，打扮得超级帅气，而我像个落魄的小乞丐坐在他身边，他却牵着我的手毫不介意地说着“这是我女朋友”，表情神气到仿佛拥有了整个世界，竟没有丝毫嫌弃。

那个表情，真是这个世界上最帅的人才会有的。

3

但是从那件事之后，我到底还是受了寒。

腿感染了风寒，以后只要一入冬，我的膝盖便会止不住地钻心痛。许先生每每自责不已，整日督促我吃药，冬日不敢让我碰冷水、受一丝风寒。我总是说他像个老妈子一样婆婆妈妈，他便会少有地露出悲伤的表情。

和许先生的这次曲折，在后来被我故作不经意地提起过。他当时没问我为什么，却在听完全部后沉默了许久。

他始终觉得是自己做得不够好，才让我那么患得患失，以至于冲动到大寒冬天跑过来见他。而那通电话是因为当时一块儿排练主持的女生有包，手机便放在她包里了。至于那位女主持接了电话后却并未转达的原因，许先生就不得而知了，而我也并不在意了。

4

周末许先生起了个大早，一个人把要去景区泡温泉的东西准备妥当。我虽然不会水，却是极爱玩水的，嚷嚷着想穿夏天的泳衣，却被许先生的一个眼神杀死了这个幻想。

“亲爱的，你就不想看看我穿泳衣的样子吗？”我眨巴着眼睛故作妩媚地坐在床上，看着在房里收拾的许先生，试图依靠美色诱惑，好让他同意我穿夏天泳衣泡温泉的想法。

可是许先生真的堪比现代版柳下惠，他头都不回坚定地吐出两个字。

“不想。”

“……你赢了。”我懊恼地倒头埋进被子。

朝景区开车的路上，许先生始终在接电话。我抱着影后坐在副驾驶上玩儿，和影后说着：“你爸爸忙到周末都还要边开车边工作，真是个劳动楷模。”

影后趴在我腿上，喵呜地发出声音来。

口袋里的手机嗡嗡地震动，提醒有短信进来，点开来发现是大学室友给我发的。

“亲爱的浅浅，婚后生活够滋润吧，结婚居然都没叫我！这次我到A市，你可得和你家先生做东好好招待啊！不然，嘿嘿嘿……from：糖子。”

糖子是我大学四年的室友，她个性张扬，打扮得像个男孩子，毕业之后不老老实实地回家里上班，一个人倒是轻松自在地背着包去了新疆。

我当时结婚仓促，朋友一概没通知，连她们都没告知。还是过了许久和许先生把结婚照补上的时候，我在微博上发过一张，被她们追着问，才告知她们我早就结婚了。她们几个人组了个群，硬是要把份子钱凑上，好让我请客。这事说了许久，但天南地北地一直都没聚起来。

这次糖子来 A 市估摸着是有要事办，听她的口气不像是一时半会儿就走，我笑着回复她说好，改天约时间请她吃饭。

许先生挂掉电话的时候，我正和糖子聊得兴起。他坐在驾驶座问我：“和谁聊得这么开心呢？”

“糖子，你还记得她吗？就是那个我们宿舍打扮得很像男孩子的那个女生？”

许先生故作深沉地笑了一下，点点头回答说：“糖子这姑娘，我想我这辈子都会记得她。”

“嗯？”

我知道许先生和我的室友们打过交道，大二下学期他便过来请她们吃过饭，美其名曰说请客，但是糖子她们一致认为这是鸿门宴。因为许先生是要把她们全部纳为内线，好让他随时知道我的状况。

可是他并没有和她们走得近，其他几个室友我都不太敢打包票会记得一辈子，为何许先生会说能记得糖子一辈子？

“现在你都是我的了，说说旧事倒也无妨。你还记得上次我俩说起当年你读大学的时候，有个冒牌男朋友回我短信吗？”

“嗯，记得啊，我当时没有男朋友，怎么会有人回你短信。”

“后来我也觉得奇怪，不是你回的我，其他人又怎么可能拿得到你的手机。直到那次请你们室友吃饭，我不是说要去买热饮回来吗，然后糖子就说她带我去。在路上的时候，我才知道呀，你那个‘男朋友’其实是糖子。

“糖子我不了解，但是她当时开口讲话的感觉让我知道这不是一个女孩子。她在路上和我说她挺喜欢你的，其实从军训开始就对你颇为照顾。

“当时这话说出来，我被吓了一跳，但是在情敌面前怎么着也得表现出镇定。更何况这情敌还超越了性别。

“我俩聊了许久，最后快进门的时候，她突然对我说：‘要不是你这么优秀，对她那么好，再怎么样我都不会放手，一定要争取到顾浅的。’

“她当时的表情真的是十二万分的笃定，我从未在一个异性身上看到这样信誓旦旦地表达出来对同性的爱。

“但是我又不能让她赢，只好站直了身板，看着她说：‘不会的，她从始至终只属于我一个人。’

“她真是个有意思的女生，并没有认输，相反，却冲我说：‘可当初，我赢过你一局。’

“我当时耸耸肩表示无所谓，进门的时候才在她身后说：‘可她的现在及将来，都是我赢。’

“我就这样弄清了当年的乌龙，也第一次和异性的情敌这样较劲。你说，我打败和我一样性别的情敌也就算了，这辈子居然还整出过一个异性的情敌，小浅，你说我该不该记得她呢？

“不过，好在迟钝如你，过了一个学期都没感觉到身边同寝、同出的女生对你有不一样的意思，也难为糖子当初那么喜欢你了。”

我摸着影后的背，才从吃惊状态消化掉这样一个巨大的信息。

虽然我知道糖子在大学里边交过几个女朋友，我对同性之间的爱也从来不歧视，但是一想到自己曾经被一个女孩子这么喜欢过，心里还真有些不是滋味。

车开到景区的时候，山顶上的雾才刚缓缓地散开。许先生牵着我站在外边看了一会儿风景，难得一见的暖阳也透过层层厚云投射下来。

整片的景色仿佛都镀了一层金，手机又响了起来，提示有短信进来。

“浅浅！据说 A 市的温泉超有名，我们改天顺便去泡温泉吧！”

“啊？怎么回呢？”

我拿着手机不知所措，不知道在知道这件事之后，我该如何回复这条短信。

许先生在我身后环住我，看着那条短信，突然爽朗地笑出声来，在我耳边说道：

“去吧，谁叫我曾从她手里赢过了你的一辈子。”

——End

和许先生度过艰难岁月

1

A 市春季多雨。

像所有长江以南的地区一般，进入到颇让人难受的季节。整日里都在湿气厚重的地方生活，许久不见太阳，让人的日子也过得湿嗒嗒起来。

我的皮肤极易过敏，年少时就曾因为身体过敏而休学，闹出了和许先生的不少麻烦事。春水过多，易生潮，我的脖颈、锁骨处便会密密麻麻长出许多小疙瘩。

我自己已经习惯了季节带来的身体不适，许先生却每次都极其上心地叨叨。

“小浅，把桌上的药喝了，旁边搁了冰糖，不苦。”

许先生在屋子外挪花盆，还不忘站起来冲书房中的我叮嘱喝药。

“好的，整理完这排书就去。”

周末难得我俩在家，起了个大早，两人便各自分配好任务收拾收拾家。当然，任务分配来源于许先生，他一个人包办了屋外小院子、屋内大清扫，留了个小书屋让我收拾。我笑他是不是得把家务活全包了，他倒是不觉得有什么，说：“好呀。”

“说了让你快去。”

许先生双手套着黄色胶手套，皱着眉，一脸快生气的表情，站在书房落地窗口看着我。我把手中的书插到上排空隙中，耸耸肩表示他赢了，双手一摊说：

“这就去。”

“这样才乖嘛。”

他嘟囔了一句，转过身继续去院子里忙活。

药是许先生特意去乡下爷爷那儿取回来的，良药苦口利于病，而我又极其怕吃苦的东西，许先生知道我的性子，要是难喝，宁愿让红疹继续起着都不会想喝一口药。每日他便亲力亲为地替我煎好药，置备好冰糖放着，看着我喝完药才去上班。

我稍微表达出一丝的不愿，他的眉头估计就能皱上天。

有个比妈妈还要啰唆、难搞定的许先生，我真不知道是福是祸。

“小浅！这双小青蛙雨靴你还留着呢？”

我从屋内走出去，许先生拎着一双青色雨靴站在院子雨棚下看着我，神色里满是惊喜。

“对呀，搬家过来之后，我就把它从家里收拾好带过来了，放了挺久呢。”

说完，本还阴着的天慢慢就晴了开来。我俩就这样站着，看着彼此。

2

雨靴是大三暑假时候的事。

整个大三我们俩并不是很好，从大二寒假在一起之后，我俩便一直异地。到了大三时期，两个人都明显地没有了之前的激情。

大三闹过很多不愉快，从大到小，摩擦不断。

而在大三的尾巴、大四的开端的那个暑假，我俩才算真正地明白彼此，才花时间去了解对方内心最深处的故事。

高中读理科是因为不愿意和许先生分离在文理道路上，而大学念会计，很大程度上也是因为妈妈做的决定。

“你总不能去读什么土木建筑、机械制造这些男孩子读的专业吧？女孩子就读师范或者会计之类的都很好呀。你读个会计就算再不济，找不到工作妈妈还能帮你，你读那些乱七八糟的专业，我都不懂，想帮都帮不了你！”

高考后的那个暑假几乎是我最空白的阶段，拼死拼活、万人过独木舟的高三过完了，和许铭泽没了联系，和妈妈整日在她说我闭嘴中度过。最后的填志愿基本都是她在操办，而我只选择了一样——大学要在外省。

许是女儿唯一的坚持妈妈总不能再反驳，所以她默认了我的选择。

最后录到 B 市的会计专业，理科生的基础学起来倒不是很难。所以对于会计这个专业，我一直都不排斥也不反感。

理所当然地念到大三，妈妈爱操心，那颗为我置办好未来的心又扑通扑通跳起来。大三期末结束，我还没回家，她就给我打了一通电话。

“浅浅，你大三暑假就别出去玩儿了，妈妈给你联系了一个企业实习，财务岗。人家叔叔听说你学的是会计，立马说让你过去实习，也算是大企业，你实习一个暑假，到时候你回 A 市找工作也方便。”

我全程“嗯嗯”地应答，挂完电话却满脑子进入到空白阶段。

大三的结束，在某种意义上就意味着未来得纳入到考虑范畴。在这方面许先生不止一次地和我提起过，可我总以还远着来逃避。但是现在却不得不去思索，我的未来以及和许先生的未来该如何权衡？

许先生学的是计算机，他一心想要读研继续深造，而且就算他不考研，凭他的能力保研也很容易。可我呢？念书对于我而言已经没有了吸引力，再读下去只不过是把时间浪费了。那我要是工作，许先生读研，我俩还能走下去吗？

越想越头疼，我索性什么都没说地回了 A 市。

暑假期间，许先生也在忙着准备各种学校筛选，我和他提过已经在实习的事情，电话里听不出他什么情绪，只是说着好。见面的时候，两人都不约而同地避免了这方面的交谈。

可越是避讳的事，反而就越像深海里的暗潮，愈来愈凶猛。

心照不宣的两个人过着周末见面、工作日各自忙各自的暑假生活。那段时间，我和许先生第一次体会到正常情侣的约会感受。

不会整日黏着，却可以在想见面的时候坐上公交就能相见。周末约好时间，就可以一块儿逛公园、看画展、玩游戏。

表面上越是欢快愉悦，回家之后那些闭口不谈的隔阂就越令人沉闷，以至于到最后暑假快结束的时候，我都觉得我们这样的关系是不是就像是将死之人的回光返照。

实习结束的那天，A 市下了整个夏天难得的一场暴雨。

我站在公司楼下看着所有人撑伞、打车、被接走。我从大厅里边的角落看着人一个个变少，再到最后都没剩几个人时，才默默地走到了门口。

楼外的大雨就像是来势汹汹发了一通大脾气的女人，雨水没有方向地乱飘，豆大的雨点就那样噼里啪啦地砸到樟树、马路、过往的车辆上。

不知道老天是不是今天的口红没画好，才这样勃然大怒，恨不得全世界都被这场雨覆盖住。

水雾也随着大雨的到来，越来越浓。

因为实习已经结束，我并没有很着急地回家。

许先生的电话打过来的时候，我正从看雨的迷离中回过神来。

“你还在公司吗？”

“嗯，雨挺大的，等雨小点儿再打算走。”

“等我，我等会儿就过来。”

我还没来得及告诉他不用了，那头的许先生就挂了电话。我这时才看到许先生之前打了不下五个电话给我，而我都没听到。

等雨停等他来的心情很复杂。复杂到我不知道是因为乱下的雨下到了我的心里，还是许先生要来接我这件事情之后所要发生的全部。

是很怕呀，害怕这真成了我一语成谶说出口的回光返照，害怕我俩就这样得公然正式地和彼此告别。

初中的不告而别，高中的自以为是的冷淡，现在想想都仿佛是我留的后路。正因为我们没有正儿八经地说再见、说离开，所以未来的一切都是重逢。

可是现在，我却怕这次是我俩正式说出再见的时刻。

“顾浅。”

我正低头踢大厅门沿飘进来的雨水时，听到了许先生的声音。

他撑着黑色的大伞，那是我和他一块儿在B市玩儿时突然下大雨，在景区被坑买的八十元巨贵大伞。我当时愤愤不平，觉得大不了就买五块钱一包的一次性雨衣。许先生倒是看着我快炸毛的样子，耻笑我说：“买一把伞能够看到你这样，再贵我都得买下当个纪念了。”

一晃眼，这把伞又一次出现在了我俩之间。

我咧着嘴冲他笑，他伸过手来揽着我的腰一块儿下台阶。

许先生可真高呀，1.63米个子的我穿着几厘米小跟的单鞋站在他身边，都也只能到他肩膀。他把伞打得很低，尽量不让肆虐的雨落在我身上。

被他搂在怀里的感觉，不知为何竟然让我有点儿想哭。

“打车送你回家吧！”

“不！我们走走吧！”

我异常坚定地回绝了打车的要求，许先生没再坚持，轻轻“嗯”了一声。

走到江边的时候，雨已经不大了。江水浑浊地向东流，行人道上的柳树被雨水打下许多绿叶，黏糊糊地铺在石板上。我俩就这样一高一低地走在江边，风大雨也在下，我们两个默契地都选择了沉默。

到江边的一处小亭子歇息的时候，我的鞋子已经湿得不成样子。我把鞋子脱掉放在石椅上，赤着双脚站在六角亭的休息石椅上。许先生把伞靠着柱子放着，站在对面看着我。

我的脑子里不知为何想起了日本动漫《言叶之庭》里的场景，现在的天气也在下着雨，我俩也在小亭子里，不知道下一秒会不会分开。

外头的雨又噼里啪啦地下大起来，我缓缓坐下来，决定开口和许先生好好说说关于未来的事情。

这个世界上没有任何人可以插手另一个人的未来，就像许先生不能强求我跟着他走，而我也不能自私地让许先生放弃读研。唯一的解决办法，就只剩下好好说清楚。

未来，一点儿都不远呀，也根本没法强求彼此同行哪。

“许铭泽。”

我才开口，许先生就从亭子里拿着伞冲进了雨雾里。我张开的口，和骤然消失的人，一同成了莫名其妙的尴尬。

过了几分钟，许先生从外边撑着伞回来了，因为奔跑而被雨水淋湿的下半身让他看上去狼狈极了。

我从包里找出纸巾急忙走过去给他擦干水，他把伞放在一旁，从左手递过一个塑料袋，牵着我的手朝座椅走去。

他叫我赶快坐下，拿过纸巾帮我把脚底下的污渍擦干净，从袋子里拿出一双小青蛙图案的雨靴帮我套上。

瞬间，我就从一个光着脚的少女，变成了穿着儿童雨靴的孩童。

我穿着这双雨靴哭笑不得地看着把我的单鞋放进塑料袋的许先生，问他怎么突然想起给我买雨靴。

“刚才过来的时候看到那边有报刊亭卖雨衣雨靴，你的鞋子早就湿透了，我就去买了一双。刚好合适，还好你脚小，儿童雨靴也能穿进去。”

看着他一脸认真地像个小孩子般看着我穿着的小青蛙雨靴时，不知为何，那些鼓起万分勇气想要和他说的话，都变成了一团一团的云，被我吃回了肚子里。

穿着小青蛙雨靴被许先生送回小区后，我让他上楼吹干头发再回去，反正家里没人。许先生在楼道里和我说着不用了，让我赶快上去洗澡吹头发。

我上楼梯的时候，看着在楼道里抬头看着我的他，心里的热潮突然涌动。

应急灯啪地灭掉的下一秒，我就转身跑下来，紧紧地抱住了许先生。

极少这样强烈表达感情的我，吓愣了许先生，他缓缓地回抱住我。两个湿漉漉的人，靠着彼此的体温汲取着温暖，直到变成一样的温度。

我是如此强烈地渴求他的怀抱，又很不争气地鼻子发酸起来，没完没了地絮絮叨叨着不着边际的话：

“我总是这也不好那也不好，成绩不行，还不爱说话，长得也不漂亮，从来没有给过你什么帮助，可是我就是很喜欢你。我也不知道要怎么去选择，很想自私地留着你，可是又觉得你得选择自己喜欢的事情。我总是这样，什么本事都没有，惹麻烦的本事倒是极其强大。可就是这样糟糕的我，还是希望你选择的时候可以有我的一部分，我真是太糟糕了。”

“可我的选择，从来都是只有你一个。”

许先生说完这句话的下一刻，我的眼泪就决堤了。

3

许先生拿出那双小青蛙雨靴，一个人叨叨着要洗干净放屋里去。刚好又出太阳了，晒干净之后就可以收起来。

“你怎么比我还爱留着这些东西呀？”

我把院子里的向日葵花盆挪到院子的台阶上，觉得这样的许先生莫名的萌，故意没好气地问他。

“这叫经济地过日子呀，以后生了宝宝就可以留给她穿，多好。”

他拿着小水管冲着院子里鹅卵石上的泥土，冲我说着。

我摇摇头表示无奈，准备拿扫帚帮他扫开那些泥土，他把我推开，让我洗干净手赶紧进屋去。

我努努嘴表示未免把我看得太娇气了吧，略带不满地说：“唉，真是一个奴婢的命，为何生着公主的病呢。”

他立刻严肃地把水管握在手里，回过头来格外认真地盯着我看，一字一句地说道：

“在我这儿，你就是小公主。赶快把手洗干净进屋，书房里的书还有好些没清呢，这些粗活我来就好。我弄完院子，就去给你做饭吃，你顺便喂点儿猫粮给影后吃，它这几天估计得开始叫春，长成大姑娘了。”

“你一回来就剥夺了我想做贤妻良母的权利。”

我边大声应答着好，边嘀咕着进屋。

许先生不知道是不是顺风耳，我都那么小声地说话，他都听到了，还在背后冲我说：“小浅，你把自己照顾好了，就朝着贤妻靠近了一大步。”

呈崩溃状的我几乎是逃着进了书房。

书屋是整个防潮系统做得最好的一间屋子，当初建这里时候，许先生反复和工匠们协商，朝南的这间屋子得通亮，还得防潮。书柜以及榻榻米都是许先生亲力亲为的，算是送给我的最好的礼物。

我俩在家的时候，除了在客厅看电视、玩游戏之外，基本都是窝在书房里。他弄电脑，我看书，影后则趴在落地窗旁边的地毯上，檀香都是去庙里求的上好的熏香，不腻人，味道极淡。

读书的时候，我有一段时间格外羡慕杨绛先生和钱锺书先生的关系，两人可以在一间屋子里，支开两张桌子，其中一个做着翻译，另一个写作。在晚饭过后，两人可以携手漫步在北京的各大公园，走那些没人走过的小道探险。

所谓的亲密关系，大概就是如此吧。

而我和许先生的相处模式，竟也慢慢成了如此，算是这辈子生活难得和理想契合的一部分。

书屋里我的书占据一大半，许先生的书不多，大多数是偏技术类，还有一些是他大学期间的荣誉。

书架上边是他的物品，我把书挪动好以摆放得更为整洁，随手拿起一本书时，其中夹着的一张纸飘落了下来。

打开之后，才知道原来当初并非如此。

4

大三暑假和许先生心照不宣地过完之后，我们俩便迎来了大四。

我因为找工作的缘由，一开学便忙着写简历、订正装、查招聘信息。许先生当时也在忙院里保研的事项，我俩都没有提及各自的未来该怎么样，都还是想着走一步看一步吧。

可是我找工作找得身心俱疲，身体像个称职的镜子反应师，点滴都反馈出来。我的脖子、锁骨以及后背，密密麻麻长满了小红疹，额头也长了许多痘痘。

最开始我以为只是简单地因为焦虑而导致的压力过大引起的，可是红疹越来越多的时候，我就知道估计又过敏了。

去医院见医生的那次，我才告诉许先生我的身上长了红疹。他让我检查完给他打电话，我捏着就诊单说着“嗯嗯，好”。

医生开了几副中药，让我回去好好煎着喝，还提醒我不要太过动怒，肝火有点儿旺。我给许先生发短信说着医生的叮嘱，他过了会儿软趴趴地给我回了一句：“嗯，我以后再也不惹你生气了。”

瞬间，我被他这句话戳中了柔软的内心。

在我以为按时吃药就可以好了之后，因为找工作的忙碌，我每次都只能拜托宿舍阿姨帮我煎好药，等宣讲会结束之后回去再喝，每天喝的都是冷掉的中药，而且因为太苦，每次都喝不完。

就这样，喝了几天，我的红疹根本没有丝毫好转。

许先生听闻，居然一个人坐了高铁就跑到了 B 市。

那天早上我拎着文件夹、穿着正装正准备出宿舍门时，看着站在门口给我带着早餐的许先生时，我都吓呆了。

急忙拉着许先生坐到宿舍楼下的小亭子里，刚准备开口问他怎么过来了，他倒是一连串先发制人地开口道：

“顾浅，你又没吃早饭出门是不是？你的药喝了吗？是不是又是回来喝冷的？你的红疹这么厉害了，怎么还不好好吃药？你是不是要气死我？”

许先生捏着麦当劳早餐的纸袋都变形了，我抱着文件袋低着头不说话，生怕下一秒他就会生气地把我吃掉。

“那我能吃早餐吗？”

正准备气鼓鼓地质问他怎么没问一下我就来了学校的气势，被他这样几句发问之后，我倒是乖得不行地低头吃着油条和豆浆。

许先生那几日住在学校周边，每日帮我在宿舍阿姨那儿盯着熬好药，再看着我喝掉。宿管阿姨都一副快要把他当儿子的态度对待他，以至于毕业前阿姨都帮我处理了许多琐碎的东西。

我问他在我这儿会不会耽误保研的事情的时候，他轻描淡写地帮我吹凉药，然后开口说：“哦，我们院保研的名额没有我，所以我还是就业，多积累工作经验好了。”

当时我傻乎乎地真以为他是因为没有保研上，所以才和我一块儿找工作，帮我分析就业形势以及我俩未来的共处。

最后我们两人都还是一致决定回 A 市发展，许先生的大学是在 A 市念的，所以更有优势找工作，积累工作经验后，伺机再创业也一样是很明智的。我则听从妈妈的意见，进了 A 市一家大企业当会计。

百般艰难之后，我俩的工作最终都确定了下来。

从大三开始的人心惶惶，到大四的兵荒马乱，最终在大学的尾巴上两个人都确定了下来，那种彼此确定未来、知道未来在一起的感觉，是我这辈子第一次体会到的心安。

5

我手中拿着的是一份保研协议书，其中清楚地写明了保研条件，以及选择的学校。保研人那一栏写着的三个字是：许铭泽。可在学校那一栏，却是空白。

许先生当初是拿到了保研资格，却为了我们能在一起的未来，他选择了放弃。

我满脑子都是当初他说的那句："可我的选择，从来都是只有你一个。"

我把纸叠好重新夹进书中，放回书柜，窗外的阳光已经铺满了书屋。影后趴在落地窗边，喵呜地叫着。

心情有点儿复杂地走出书屋，我看到许先生正围着围裙背对着我在厨房里做菜。

我从前一直觉得亲密关系是来源于彼此，可是却忽略了每一段感情里的亲密，都一定是有一个人极其努力才能达到的。

每个人都是如此自我，而为了那个亲密关系的建立，就会牺牲掉其中一个的许许多多自我，去融合、去迁就、去舍弃，最后还能坚定不移地选择她。

我从背后抱住许先生，他切菜的手停住了几秒，笑着问我怎么了。

"没什么，就是喜欢抱着你，喜欢你的味道在我身上留得更久一些。"

"傻不傻？"

——End

许先生出门去了

1

多事之春总归是在夏的催促之下，溜得没了影儿。许先生倒是一脸正经地说着：A 市可从来都没有春秋，只有夏冬。

在这座南方小城里边，的的确确很难感受到四季的分明。大多数时候是我们才刚把冬季的薄款棉衣拿出来穿上，还没有舒适地窝在沙发里享受大地回春的春光无限，夏季就急忙紧跟着滴答的脚步声追了上来。它无限拉长，和冬天难舍难分，上演了几处别离苦短的悲情戏码。

我不喜春。

一来 A 市多春雨，不但不贵如油，相反还大有打折销售的功能。二来则是我的过敏源实在太多，乱飞的柳絮、街边开着的景观杜鹃花粉，统统都会成为困扰我的过敏因素。

所以相比较之下，夏这个小姑娘就显得尤为可爱多姿。

薄衣、短裤，西瓜、冰镇饮品，凉席、空调，偶然的几场降温大雨，都让人对这个季节不得不爱。对于夏，许先生尤其喜爱。

天气才转热不久，他便从屋子里收拾出往年的凉席、竹椅，搬到院子里用水冲洗。按照他的说法便是夏季螨虫偏多，放置太久的东西都得先过一遍“九天玄冰水”冲刷，再经“三昧真火”烘烤，方可把那些“虾兵蟹将”全部剿灭干净。

我站在院子里头拿着小水管，用手捏住水管前头，分出几股急流来摇晃着去喷洒许先生，并颇为无奈地开口说道：“许铭泽同志，请问你今年读几年级呀？水洗咱就好好说水洗，暴晒咱就好好说暴晒，整些什么‘九天玄冰水、三昧真火’的，不知道的人还以为你刚看完《西游记》出来，正读小学呢。”

“小浅，你这一看就不好好读书，读书人可有读书人的说法呢。”他倒是拿着小刷子躲着我的“天散花雨”，神定气闲地说着。

“那你们读书人都兴把偷书说成窃书，手把手地教人写‘茴’字吗？”

他转过头来，憋红了一张脸，不知如何开口反驳我，我得意扬扬地拿着水管装腔作势，挑着眉看他。他过了好一会儿，鼻孔吐气地哼了一声说道：“就会欺负我。”

“小样儿，就你这样还想和我斗，回高中好好学语文去吧。”我心里暗爽。

难得在和许先生的斗嘴中取得胜利，顾浅同学，这是一个伟大的里程碑式阶段，继续加油！

许先生把凉席、竹椅什么的都清洗干净之后，便把它们挪到院子旁边晒着，说是等下午晒干之后便可以挪到屋里，竹椅就暂且放在门口阳台上。天气还没热透，凉席也就不能铺着睡觉。夏装也得等过段时间才可换上，暂时都清洗收好，到时便可直接拿出来。

“你真是未雨绸缪得厉害。”

我跑去把水龙头关掉，嘀咕了一句。

他撑着腰，一脸严肃地看着我说：“我要是现在不把它们准备好，你到时候在家嫌热，估计只会把它们拿出来直接用，哪里还会想着洗一遍。”

“好好，你说什么都对呢。”

我投降，在生活这方面许先生的确比许太太懂得多，也做得多。

我妈就常说：“别人结了婚都是忙前忙后地做家务活，你倒好，甩手掌柜当得一点儿不羞耻。”每每如此，我便在心里念叨着，那只能怪我嫁给的是许先生呀，有他在，压根儿不需要我干什么活儿。

做饭原本我还兴高采烈地表示愿意效劳，可是被呛到几次之后，许先生便宁愿他来动手，也不想到时候来照顾我咳嗽的麻烦。洗碗就更不用说了，我的手沾水便裂皮，皲裂得像干涸的土地那般。其他的家务活则是阿姨每周上门打扫。说白了，我这个女主人在家唯一需要做的便是给影后做个铲屎官，自个儿泡泡茶喝或者看看书。

可影后这家伙，我给它铲屎，它居然还是每次看到许先生就喵喵地乱蹭个不停。果然长得好看，是不分物种的。

“喵喵！”

屋内的影后又开始乱叫起来，自从给它做完绝育之后，我发现它饿得更快了。我转身进屋去给影后喂猫粮，许先生说他出去一趟，我应声说“好”。

我刚给影后喂完猫粮，客厅里的手机就响了，跑过去一看才发现许先生没带手机出门，接通之后对面传来一声急吼：

“许铭泽！！！说好的今天上午开会，你又逃了是不是？别以为你是股东之一就可以这样肆无忌惮，有老婆了不起啊！”

“咳咳。”我不得不出声示意打断他。

“咦？是嫂夫人吧，不好意思啊，那个我刚刚不是针对你哈，你别介意，别往心里去。”这个人我是认识的，许先生公司聚餐时我去过一两次，每次都属他最为活跃。

按照他的话说，那就是：“互联网公司哪能死气沉沉、闷里闷气的，要闷就得闷得骚气，够骚气这才叫互联网！”

当时这番言论还赢得了众多人的一致夸赞，我只觉得这人挺有趣，是个双高人才。

“没事呢，许铭泽他刚刚出门去了，应该是赶着过去开会，把手机落家里了。你别急，他过会儿就该到了。”

挂断电话之后，我寻思着许先生这顾家的毛病是时候该好好治治了。

2

在茶室泡茶的功夫，我想着许先生这尤为顾家的毛病是什么时候凸显出来的呢？结婚之后吗？那肯定不是。之前的话，那是在什么时候呢？

估计，是从那会儿起。

大四上学期过后，我俩都明确表示了各自的工作，也都下定了决心回A城好好立业、成家。下学期，我们便正式进入到了各自的毕业季。

说起毕业，其实现在想来感触颇深，只是身处其中之时很难体会到那种别离日后再难重逢之情，少了很多伤感，多了许多淡然。

我们这辈人都是勤勤恳恳地念书、升学、毕业、工作、成家的一代。父母也许为我们积累了一定的经济的基础，为我们在成人的这个过程中保障了生活基础。可更多的成长，其实所需的是陪伴。

从小学一路念到大学，十二年的光阴足够让一棵小树苗成长为参天大树，更为明显的是，让一个稚嫩的孩子变成可以独当一面的大人。在某种程度上，他们的努力是可以超越父辈们的。

小学毕业懵懂无知，初中毕业则说着友谊天长地久、我们一辈子不分开的诺言，高中则变成了有空常联系，真正到了和“天堂”告别的时候，我们反而变得话少，不肯轻易允诺了。

小孩子才相信天长地久，大人们都只争朝夕。

大学同窗四年，其实感情最深的应该便是宿舍室友四人。我们四个人的性格迥异：我喜静，时常一人独来独往；糖子活泼，为人爽朗，人脉最为广泛；小青随和，但是大部分时间都是和她男朋友在一块儿；苏苏圆滑，长得尤为漂亮，情商极高。

这样的四个人凑在一块儿，其实很难相互融合。好在我们四个人都不是非得在一块儿玩闹的类型，大家在重叠的部分时间相处，倒是都挺和谐。逢年过节什么的，我们也都会凑一块儿吃个饭。

唯一闹不和的那次也源于小青的男朋友。

小青的男朋友是我们学校体院那边学短跑的，小青成绩其实不差，原本可以报考更好的学校，却为了和男朋友一个大学来到了这里。对于她的这个男朋友，小青从来都是只觉得好，没觉得差，大概就是那种自家娘绝对不嫌自家儿丑的心理。

苏苏就不怎么待见她男朋友。特别是我们几个一块儿吃饭时，他大老爷们儿坐着不动，让小青给他倒水、拆碗筷，他只顾直溜溜地盯着苏苏看。

那次吃完饭之后，我们几个走在回寝的路上，苏苏隐晦地表达出小青是不是太惯着他了，小青一脸纯真地说："没有啊，他在家的时候，他爸妈也这样。习惯了就好啦。"

苏苏便不再说话了。

后来小青生日，我们几个定的是西门那块儿的餐馆，她男朋友在综合楼上课，说没带伞不想自己走，非让小青过去找他。我们几个人当时都表示这可是快 40℃的天，他老人家就不能坐个校车过来一趟吗？

小青倒是一口答应了，一个人屁颠屁颠地跑着撑伞接人去了。等到他俩过来的时候，我们才发现全程都是小青伸直了胳膊给他撑伞，他一个快 1.8 米的汉子两手空空地隔着老远和我们打招呼。

"是三岁小孩，还是没胳膊没腿地不能走，非得人接。"

吃饭的时候，苏苏冷不丁地说了这么一句。她声音不大，所有人却都听得见。小青的脸色当场就有点儿冷了下来，她男朋友倒是一脸笑嘻嘻地当没听见。我们赶忙打圆场岔开了话题。

"能张嘴吃饭，那看来也就没病，那么请问您老是什么个毛病，还非得我们大寿星亲自去接啦？"

苏苏突然端了一杯酒，妖媚地笑着举到了小青男朋友面前。她男朋友估计还没摸清状况，一脸茫然地看了苏苏一会儿，又看了看小青。

小青这时突然唰地站了起来，冲着苏苏说：

"陈苏苏，你不要太把自己当回事了。"

苏苏没再说什么，放下了酒杯继续吃饭。那顿饭吃得所有人都尴尬不已。

后来小青赔礼道歉了，苏苏也表示并没大事。表面上我们几个人还像以前一般，可实际上她俩却有了芥蒂。

有人说天下是没有不散的筵席，也没有什么大问题是喝两杯酒解决不了的，大不了就喝三杯。

酒场文化在中华民族这么多年的传承中，唯独继承了这么点儿好，一酒泯恩仇。

毕业那会儿，大概是所有人喝过最多酒的时刻。

庆祝拍完毕业照要喝，论文答辩通过得喝，感谢老师们还得喝，最后吃散伙饭的时候就更得喝了。

我们在毕业前的所有时光里都在羡慕着学长学姐们脱离苦海，自个儿挣钱自个儿花的潇洒。看着他们一个个穿着礼服、西装在学校的每个角落留影、跳跃、比着剪刀手，我们在心里暗暗许诺："将来我毕业的时候，也一定要这样美美的。"可事实却是收到一份满是表情包的毕业册。

我们曾在无数个教室课堂里边被老教授们指着破口大骂："你们是我带过的最差的一届学生。"可是在毕业答辩过了之后的谢师宴上，所有老师们仍旧祝福着我们前程似锦，说着"你们比上届学生有出息"。

我们宿舍的四个姑娘，也在散伙饭上哭成了泪人。

苏苏考上了北方高校的研究生，一路北上。糖子决定先去浪一年，再考虑工作。小青和男友回了家乡，一个当小学体育老师，一个则考入了当地银行。我回了 A 市。

四年前因为一张录取通知书走到一块儿的我们，四年后同样在一张毕业证的见证之下，分隔四处。

小青和苏苏在散伙饭上抱在一块儿哭，当年的稚嫩以及不成熟，都在这一个拥抱之下结束了全部芥蒂。

糖子抱着我哭的时候，我只能木讷地拍了拍她的背，和她说着："没事，我们还会再见面的。"

她送我的最后一句话是："你一定要和许铭泽好好的，一定一定要幸福。"

当我在毕业季的时候，许先生也同样在他生活的学校经历着毕业。

3

许先生的A大是A市最好的高校之一，百年名校的古韵从建筑到教学都很有特色。许先生学的是计算机，院内男女比例为2:1，他作为优秀代表在开学典礼上发言之后，名气便在院内逐日大了起来。

倒不是他为人高调被人而知，更多的是——慕名而来。

据他室友的不完全统计，在许铭泽的大学四年里边，追过他、向他表过白的姑娘下有刚入学的小学妹，上有快毕业的学姐。

"你呀，还好没在我们学校，不然每天看着那么多情敌不是比你好看就是比你身材好的，不是得自卑死喔。"

脑中不自觉地就想起了许先生的那位广东室友，用不那么纯正的普通话对我说的这句"良心安慰"。

"是喔，还好没在你们学校呢。"我翻了个白眼。

不在许先生的学校，所以毕业那会儿我俩异地联系起来颇为麻烦。许先生的朋友颇多，有关系复杂的学生会成员，也有跟着老师做项目的小组成员，班上更是不放过地一轮接着一轮吃饭、喝酒。

时常我联系他找不到人，电话他也因太忙经常落宿舍。只要每次电话那头一响起广东腔的普通话，下一句就一定是：“许铭泽啊，他出门去了。”

这让我总有种给他家打电话，被他妈妈接了的错觉。

后来我有一次和他说起这个事，说道：“每次从别人那儿听说你出门的消息，就有种我俩隔得特别远的感觉。”许先生没吭声，我就岔开了话题。

再以后，每次打电话他要出去忙了，他都会说一句：“小浅，我出门去了。”

我笑话他说：“干吗每次都说？”他轻语道：“因为家人之间离开一小会儿，都会说出门去了。可是，最终我们又都会回到属于自己的家。”

许先生，出门去了。

一句极其简短的话，许先生却一直记在心里。

以至于到后来我俩合租房子时，每天上下班都会互道一声：“我出门上班去啦。”“我回来了。”仪式感强烈得就好像是日本家庭里边，专心伺候家庭的妻子，每日在玄关处等待归家的丈夫，细心体贴地询问他热水要放多少、晚饭想吃什么、需不需要按摩一样。

我们，在那句话之后，已经隐隐约约有了一个家的雏形。

4

电话再响起来的时候，我正在书房整理书稿，一只手拿过手机接听，另一只手艰难地压着书稿，以防它们被窗外初夏的风吹跑。

“许铭泽已经赶过去了，不要着急啦。”

我还以为是公司里边又有人在催，没等对方开口，便对着电话那头开口说道。

“小浅，我是妈。”

电话那头的声音冷冽，简短的几个字便让我不知该如何开口，连动作都僵硬住了，却忘了此时此刻我并未和她面对面交流。

“妈，你找铭泽吗？他手机忘带放家里了。”

许先生的妈妈，也就是我的婆婆，跟着许先生一块儿叫我“小浅”。刚开始的时候，我并不太习惯，可是这位婆婆和我们打交道的时候并不算太多，也就习惯了。

“嗯，没什么大事，就是想告诉你们一声，给你们那儿送了几个西瓜，记得等会儿收一下。”

“好的，谢谢妈。”

“嗯，挂了吧。”

挂掉电话的那一瞬间，我才把提着的一口气松了下来。分明已经是一家人一年多了，却仍旧在每次见到许先生的妈妈时，我都倍感压力与紧张。可能是因为他母亲天生的那股气场。

门铃响了好一会儿，我才回过神来去开门。急急忙忙出门的时候，我一不小心踩着了趴在门口的影后，疼得它“喵呜”一声叫唤起来。

我以为是送瓜的人到了，顾不上安抚这只睡觉不好好睡的小家伙，直接从客厅便开口说：“来了，来了。”

打开门的时候，我却发现许先生正拎着瓜在门口站着，一脸不解地望着我。

“怎么这么久才来开门？又出神干什么去啦？门口放着两个西瓜，是谁给我们送的吗？”

许先生抱着西瓜朝厨房走，边走边问道。

“噢，刚才妈给你打电话了，说是给我们送了两个瓜，让我们记得拿。”

许先生不再搭话。每次提到他的妈妈时，他沉默比开口的时候多。我们之间很少过问彼此的家事，就连婚后各自的工资也都是自己管着自己的。

用许先生的话说，就是：我能够自己赚钱自己花就已经很了不起了，家中大小开销他来就好。钱不够的话，所有银行卡的支付密码都是我的生日，自己拿便是。

我虽学的是会计，却不太爱管钱这档子事。能够开开心心地当个甩手掌柜不理家中琐事，我觉得很好很棒。

所以，我俩从未过问过对方的收入。

“这样的夫妻也就你们俩能过了。”这是我妈的原话，诚不欺也。

“你怎么这么快就回来了？不是说要开会吗？”

半晌没动静的许先生在厨房不知在干啥，我走进去一看才发现他正在把冰箱里的冰块凿进盆里装着。

“我把资料给了文虎，还把一些会议重点交代了一下，就让莉莉把会议记录回头发给我了。哎，这西瓜你知道怎么最好吃吗？”

我刚准备借机好好说说他这样工作散漫怎么可以时，许先生就毫无危机感地转移了话题。

而我，作为一枚深度的爱西瓜者，自然是把要教育许先生的话抛之脑后，开口便是：

“怎么最好吃啊？”

许先生抬起眼看了我一下，浑身上下都散发着一种“你无知，你不知道吧”的气息。

“古人称西瓜为凉瓜，是夏季消暑的一种必备之品。圆滚饱满，纹路清晰，摸着便透凉沁人，切开之后红瓤白皮分明，入口更是甘甜，有无限回味。这古人在夏季也是必须吃这西瓜，才算过了酷暑，过完了夏。可是古人更为聪明，知道这西瓜是夏季消暑良器，总琢磨着让它更为冰爽。穷苦人家自然是没有冰窖这一说法的，可劳动人民的智慧大。水井可是冬暖夏凉的好去处，在夜间用木桶盛着西瓜放入井内冰镇，第二日取出，颗颗饱满欲滴的水珠凝结在青皮外，沁着皮肤都源源不断地感觉得到冰爽，刀落，红瓤现，瓜一瞬间便噼啪地炸开，吃到的红瓤也便甘甜无限又凉爽宜人。”

看着许先生像说书先生一般把古人吃瓜的过程描述出来，我都有点儿惊呆了。他往常不爱语文的形象摇摇欲坠，倒是化成了一个穿着长衫的谦谦有礼、温润如玉的公子。

我都差点儿开口称呼一声“许公子”。

“那你这是在效仿古人吃瓜吗？”

我看着他把冰块凿出放到盆里，又拿出一个大桶子来，把西瓜放入，冰块和凉水都一一倒入，置放在一旁。

“没有古井，只好效仿用冰水浸泡啦。谁让小浅爱吃瓜，活生生一个小瓜奴。”

我才想起，许先生是不爱吃西瓜的。

“你不爱吃西瓜，为什么妈会给我们送？”

终于想到了问题的关键，我被许先生牵着朝客厅走时，便开口询问道：

“前两天刚好聊到说她有个老同学，有自家的瓜田，问及需不需要给送几个尝鲜。你知道我妈那人最怕麻烦，我就让她给我这儿寄了。”

许先生极少会和他妈妈联系，私底下聊天更是少之又少。唯一的可能性只能是，他看着入夏便开口询问他妈妈哪儿有好的瓜田，想要自己去买来给我吃。

我不大上得了台面的小爱好，总是会被他一一记在心里，应了季节到了时辰，他便上心地去为我寻来。

春来的鸭子，夏季的瓜，秋熟的螃蟹，冬天的鱼。

我曾开玩笑说，四季轮回，不过是吃食更替。一句玩笑话，也被他记在心里，从未忘记。

正陶醉在许先生的温柔当中时，影后毫不客气地窜到了沙发上，趴在了许先生怀里。我气不过地打了一下它的屁股，它居然毫无反应，仅仅只是换了个姿势继续趴着。

“说好的猫高冷呢？说好的冷艳呢？说好的只爱你的铲屎官呢？统统都是假话！”

许先生一手摸着影后的肚皮，一手搂着我，一副哭笑不得的表情。

我在心里暗暗想着，如果影后真是一只猫妖，绝对是那种化成人形绝对美艳、专勾男人魂魄的妖。

可惜，影后并没享受多少温存。许先生起身开始准备做午饭了，我则溜进书房继续清理书稿。翻到了之前许先生抄写的那封《立夏书》，我后来还在后边添了几句，如今念给许先生听倒正合适不过。

开始重新思考
西瓜对夏天到底有
什么特殊的意义
是否夏天会因为西瓜的缺席
而变成别的什么季节
如果真的是这样的话
你会想象个什么季节

——万晓利《初夏》

我倚在厨房门口，轻声缓语地把这几句歌词念完。许先生背对着我切菜，手起刀落，只听到砧板和菜刀相碰的声音。

“如果真有，那我希望是个只有小浅的季节。玩小浅，爱小浅，最重要的是可以一整个季度一整个季度地吃小浅。”

身后的我抿嘴轻笑，如果西瓜真的缺席了夏，那便如同你缺席了我的人生一样索然无味吧。

那我也希望是个只有许先生的季节，吃你不更替。

写给许先生的第一封情书

许铭泽同学：

展信安好！

近些日子与你走来，未曾觉得烦闷，却时常暗自惴惴不安，生怕哪天你觉得顾浅这个人很庸俗、无聊，从而离我远去。

我是如此深知自身有多配不上你，距离你又有多遥远，这中间恐怕是不可横跨的鸿沟。

你经常问我，在作文里写过那么多人，为什么从不提笔写写自己？

傻瓜，写自己多难为情。该如何笑、怎样快乐都用文字记着，自个儿看是回味，给别人看就成了闹剧。

可这次，我想把自己写成信，铺展开给你看。

初二的时候，你和我隔着过道当同桌，我沉默寡言，你高冷不理人，怎么看我们两人都不是一个世界的。可有次放假回来后，无论上什么课，你的铅笔、橡皮、修正带，都要从桌子上掉下来，滚到我的桌底下。

每掉一次，我便捡一次，然后接受你一句没有温度的“谢谢”。当时我就觉得这全班第一是不是有病啊，怎么老像幼儿园的孩子一样管不住东西。

谁知道这掉东西、捡东西的，居然让我和你熟了起来。

那次我被留校，你在教室里等我回家，冲我说：“顾浅，走吧。”真的，那个时候我心里就莫名地咯噔一声，好像一切都变得不太一样了。

所以，亲爱的许铭泽同学，你知道吗？在顾浅同学还没发育齐全的十四岁年纪里，第一次明白心动的对象是你。

那个时候我没有朋友，和晓丽也从来不会聊起这类话题。全世界的人都仿佛在聊着关于喜欢，而我却浑然不知。

当时只觉得每天早晨你进教室的时候，我总是无意识地抬头便看到你。解不出的题，朝左边转过去，就能闻到你身上独特的中草药味道，厚着脸皮听你给我讲老师都不会提的题目。

关于中草药的味道，我问过你，你当时说：“因为爷爷开药房，小时候没东西吃，就老喜欢去爬那些药柜找些什么中药当零食吃。”

许铭泽同学，你当年真的要把我萌死了。

当然不是所有情愫初开的人都会明白这微妙的情绪，我迷迷糊糊地用自身的雷达搜索着关于你的一切，更多的却好像是忐忑。

记得有一次班里晚自习，那时已经入秋，白天气温高，穿短袖就可以，可一入夜，气温就猛地降下来了。我那天没带外套，又没回家吃晚饭，晚上一个人坐在开着窗户的教室里缩成一团，又不好意思让靠窗的同学关窗户。

不久，你便在座位上脱自己的红色卫衣，脱下来就递给我，让我穿上。我当时又喜又惊，你递过来衣服的那一瞬间让我特别感动。可是，当时我是那么自卑，明知你对我好，却不能坦然接受。

我摆摆手冲你说："没事，不冷。"

固执如你，却把衣服塞到我的桌上，霸道又不可理喻。不小的声响引来了班上自习同学的注视，我的脸更红了，心里也更害怕，把你的衣服默默地推到桌子边缘，把椅子朝着远离你的方向挪了过去。

最后还是你不再坚持，起身把窗户关上，和我一样穿着短袖坐在教室里。

你呀你，如太阳般耀眼，让角落的我如此渴望，可是你又太炙热，让我退却。那段时间我常常在想：如果我是晓丽，是不是也许就能和你谈笑自如、勾肩搭背地熟悉到不行，而不是像只地鼠一般，只能偷偷看，默默地在心里羡慕。

可还好，你未曾嫌弃。

你不开心的时候喜欢闷着头走路，第一次知道你这怪脾气也是在初二。你从老师的办公室回来，沉默不语，脸上没有表情。

下一节课是自习，你才待了没两分钟就起身从后门溜达出去了。当时不知道我是哪里来的勇气，竟然在你出门没多久也溜了出去。

我担心你，放心不下你，就只好跟着你，你出门后一个人闷头朝着教学楼后边走。下楼梯时，阶梯下的大槐树开满了槐花，风吹过就洋洋洒洒地落下一大片。你走在槐花里低着头，脚步却明显放缓了下来。我跟在后边，小心翼翼地保持着距离。

如果你当时回头，我俩没准就会历史性地在槐花雪里对视。

绕过教学楼，穿过后花园，从操场旁边的小铁栏杆爬进去，偌大空荡的操场便出现了你，穿着蓝色的校服一个人绕着操场走。

我在铁栏杆旁边的小道上看着你，明知你不开心，却没有勇气跨过这道栏杆去和你说会儿话。说什么呢？安慰，我并不擅长。询问？我并不会。我什么都做不了，只能跟着你，远远地看着。

我把栏杆旁边的石板都数了六十七遍，你才从操场准备出来。我在你之前回到教室，装作一切没有发生地在你回来后问你题。

你的语气里没有不耐烦，也没了暗沉的脸色，变成另一个人，仿佛是一件多么容易的事情。落在你眼里，觉得你如此的好，却又离我如此的远。

我俩的关系就是忽远忽近，让人看不真切，也道不明白。

我始终觉得我和旁人没什么不同，所不同的估计就是和你成了同桌。晓丽曾说和我同桌之后的你，比初一和善多了，是我改变了你。我哪里敢担当如此大的殊荣，更多的是无形中你对我的改变。

你在我心里，始终都是特别而又唯一的存在。

当时我并不知晓在你心里，我是否是个稍微特殊的身份。迟疑、胆怯、自卑，这些与生俱来的性格在我的骨子里深深烙印着。这也是为什么初三转学后的我，未曾告知你一声。

并非不想，实则不敢。

初三的日子不好不坏。市区的学习压力不再和城镇一般，可是无形之中的格格不入，总让我觉得被这个世界所遗弃了。最熟悉的亲人是外婆，却不能常伴左右。以往每日去学校的期盼是希望第一眼见到的就是你，也变成了完全陌生的环境与陌生的人。

小心翼翼地做好一个局外人，安安分分地上学、回家、吃饭。想来也不怕你笑话，有一次周五放学，路上的人何其多，不经意间看到前边有个人的身影特别像你，居然就腿脚不听使唤地跟着那人走了许久许久。一直走到我完全陌生的地方，那人一拐弯不见了，我才反应过来。

事后想想这事，都觉得自己魔怔得厉害。

再后来就是得知你和我在同一个学校。曾在一本小说中看到，说热恋中的男女，在分开之后找寻对方的最好的办法是其中一人站到最显眼的地方，等着另一个人朝之走去便可。

我们之间，竟隐隐相仿。

你总是如此耀眼地出现在我所能看到的地方——开学典

礼的致辞、年级第一的荣称，以及对你无处不在的议论。

高一的时候，我同桌是个比较胖的女生，她极其热衷于八卦，远到校门口的明星八卦杂志，近到隔壁班谁谁谁早恋，永远的热血，永远的“我和你说，你别告诉别人”。

多亏了她，我总是能够得知关于你的第一手消息。比如你们班哪节课有篮球比赛，你穿几号球服。又比如这次年级考试，你的语文再次拖你后腿，让你无法跻身前三，语文老师气得在办公室破口大骂你不把他当回事。你哪里是不把他当回事呀，你根本就是不把所有和语文相关的当回事。再者便是你的那些小桃花，开了几朵，又开在了哪儿。

我们始终未曾正面打过招呼，渺小如我，仰望着耀眼似你。我曾想过我们俩重逢的话，场景在哪里？说出口的第一句话又是什么？又或者，你是否还记得我？

追随你的脚步实在是太过艰难，语文老师曾说比 Happy Ending（美丽结局、幸福结局）更为开心的一件事是破镜重圆。中国人兜兜转转地祈求着圆满、和谐，不过都是在经历了许多分开、别离之后才明白圆满是如此重要。

于是，我们重逢了。

可在重逢之前你不会知道，我来来往往地在草坪中间的石板上数了多少次的一百二十九格，在那棵茂盛的香樟树下絮叨了多少次，才鼓起了勇气在元旦晚会那天跟着你走出了体育场，冲着你叫出了那声：“许铭泽。”

我是如此害怕叫出口的那句会被你一个冷漠的眼神所打

败，所幸你总是如此让我意外。我对于很多事情都不会记在心头，可关于你的种种，却偏偏都记忆深刻。

那晚我们坐在升旗台下，你看着我喝巧克力奶茶、吃面包，伸手揉揉我短短的头发，和我说语文老师多么无聊、物理老师的讲题思路永远保守。

真的有那么一瞬间，我觉得我俩从未分开过。

你看，人们总是希望于记住许多的快乐，而去自动忽略掉所有的痛楚。我也不例外。我总是希望把和你的过往都一一记载下来，等到十年后、二十年后，乃至于更久，我都能看到并回忆起你带给我的所有心动。

十六岁的顾浅，深深地喜欢着许铭泽呀。

我们之间总是误会重重，很多时候我不愿开口，你又察觉不到我内心细微的变化。可是你真的足够足够好了，问题也许出在我。

如果这时候真的有上帝的话，那他一定看得到我其心可鉴明月的下边要和你说的话有多么不忍心。

静子和廖凡的事情是我始料未及的，我们才十七岁，却用了那么长的时间去喜欢、去爱另一个人，而且还如此地奋不顾身。周围人议论纷纷，说着她傻，怎么会喜欢上廖凡那种人。也有人欣赏她的侠客精神，鄙视廖凡是个缩头乌龟。我对于他们的感情并不愿多做议论，可是事件的背后折射到我，令我着实受到了不小的冲击。

静子的家世、长相、成绩均不差，反观我倒显得一无是处得很。我没觉得自己是个会有多大作为的人，平安喜乐地过完这一辈子也许就是我最大的福分。可如今，却妄想和你有个未来。

我觉得自己挺自不量力的。

喜欢你的人那么多，你又如此优秀，我的存在好像只会是拖累。进入高三之后，明显感觉得到周围人隐隐的压抑感，所有人都在朝着唯一的目标前进。我所想的不多，只是想努力一下去争取一个有可能和你并肩的未来。但是，不是现在。

你最近几次考试都退步得厉害，每次谈及你都轻描淡写。可分明你黑眼圈的痕迹重到无法掩饰，如果困扰于我，很想和你说一声“抱歉”。

我们，也许只能走到这里啦。

未来还很长，我想如果可以的话，我们没必要急于这一时，大可慢慢地走，暂且分开。

毕竟，十八岁的我们还有无数种可能。

顾浅

周末在家大扫除清理旧物箱时，从一堆日记本当中找出了一封信，拆开看，原来是当年高三时我给许先生写的“情书”。

看罢竟觉得当初的自己怎会如此可爱，傻愣傻愣的。

细细算来，这并非是写给许先生的第一封信，但是却一定是第一封情书。

记得当时高三经受着学业折磨、吴静子转学、许先生的成绩下降等颇多的影响，我本身便不是多么激进的性格，遇事要么打落牙齿往肚里咽，要么就学鸵鸟埋沙堆般躲避。当时的自己觉得和许先生的关系颇让人议论，拖累他成绩下降，在不堪自责之下，我想着学古代卓文君作《白头吟》一般，一信表决意，两人如此不相往来的好。

可奈何我没有卓文君的文采，也没有她那般果断，来来回回犹豫了好久，信终究没能送出手。但我心里却坚定了以不影响他为前提，自己慢慢远离便好的想法。

当时的他丈二的和尚摸不着头脑，不知道又哪里惹我生气了，低声下气地道歉了好几次。他道歉的语调柔和极了，像只毛茸茸的小狗根本不知道为何主人不理睬，还是摇着尾巴想去讨好。我始终淡淡地拂了他的意，许是后来他在高压之下也终究觉得猜我这颗脑袋里在想什么，远远不如去多解几道数学题来得容易吧。我俩，终究如我所愿地渐行渐远渐无书。

现在再看这封信，觉得当年的顾浅真是固执得可爱。要是回到当年，不知道许先生看到这封信会如何？恼怒？震惊？抑或者淡然接受呢？

现在也只能想想了。

我正准备把信好好地叠好放回日记本里的时候，发现信的另一侧写了几行字，隽秀有力，极其工整地用黑色钢笔写着：

顾浅同学：

展信并未能安好！

你这封尽管是没有寄出的信，可我看到了还是觉得不回复十分不绅士。对此，我只能表示小小的歉意，毕竟回信的时间有点儿晚。

我这几天和你住在乡下，很清闲，难得的早睡早起，还有你。这封信的到来也是极其偶然的，帮外婆整理你的杂物时发现的。我必须承认在好奇心的驱使之下，我翻看了这封信。

说起来，你的自责大可不必这么明显。毕竟当时的事情并非那么简单。

不过能听到十八岁的顾浅说出，她十六岁就深深地喜欢我，就算现在才看到，我依旧很高兴、很高兴。

十六岁的顾浅，你是那样的好看，还喜欢我，我也非常非常非常喜欢你。

不过，二十一岁的顾浅依旧好看，依旧那么令人喜欢。

许铭泽

我才惊觉这是和许先生一块儿回外婆家住的那段时间，谁知道二十一岁的他竟然回应了顾浅同学十八岁时写的信。

“时空旅行的恋爱吗？”我不禁觉得很好玩儿。

我放下东西打开电脑，想着给他写封信。古人表达思念之情时，是“烽火连三月，家书抵万金”，如今没有烽火，家书倒是可以有。

“想和你住在乡下，住老房子，看山看水，早睡早起。清晨，门前溪水潺潺，屋后竹林氤氲。升了炊烟就去做饭，折了日头便去农间劳作。夜来纳凉，深井冰瓜，荧光点点，用足够长的一生，和你待一起。”

点击发送完，不知加班的许先生收到这封信之后会做何感想。

“乡间小宅已有，溪水潺潺、竹林环绕恐得等上多年，缺一口老井，好在余生有你做伴，想想也可凑合。院子里的黄瓜熟了，可以摘下腌点儿吃，晚上回家吃饭，陪你喂猫。一辈子还很长，我们大可慢慢走完。”

二十四岁的许先生，小浅依旧很爱很爱你，爱你如初。

——End

有酒有故事有许先生

1

许先生爱酒，所爱程度绝不亚于我。我偶尔还会被冷落、会失宠，但美酒绝不会。如此一看，我倒仅仅位居第二了。

说起酒，许先生藏得够深。他时常说的一句话是："人生而在世，哪能没几件豁出命都要爱的东西呢？"说这话时，他的语气、神色统统都深情到不行，你刚准备坠入到他灼灼目光的对视当中时，他的下一句便随着他眼角的笑意荡漾开来。

"比如，酒。"

我刚开始还会生气："好好一句情话就不能好好对我说吗？还非得强调你所爱之物是酒，那要这样的话，你怎么不娶个酒馆回来，天天和你的酒水泡在一块儿，也算是醉生梦死，不枉此生了呀？"

"牙尖嘴利，你小心日后真成了坏婆婆。"

躺在沙发上看书的许先生不接我那一连串赌气的话，一转就转到了前几天和他聊起以后生了孩子，等孩子长大之后娶妻生子就不会疼爱他的父母，我该伤心难过得要命的话题上。

"坏婆婆"这个梗也来源于这个讨论。我一想到我妈岁数不小了，还和叔叔生了个儿子，整日里“亲亲宝贝”来“亲亲宝贝”去的，就在想生孩子如果是项投资的话，那铁定是一个不能回本的股票。毕竟投入全身心的爱，而不一定会获得孩子同等的回报。

一想到以后要了孩子，我铁定万分宝贝呀，舍不得他受苦，看不得他受委屈，只想给他我最好的东西。以后他要是咿呀学语地长大后，能黏着我该多好啊。

许先生就笑话我说：“哪有孩子长大了不离家的，‘儿大不由娘’是迟早的事情。”

“那就不让他结婚生子好了。”

我本能的一句话说出口，许先生抱着门框笑了好久，一个劲儿地说：“你以后肯定是个难搞定的婆婆。”这个梗就这样诞生了，还被他拿来取笑我。

我非常讨厌这样幸灾乐祸的许先生！

“喝你的酒去吧！”

我把从厨房拿出来洗干净的苹果砸向躺在沙发上的许先生，恶狠狠地说道。

沙发上的许先生被苹果砸中，看着我一脸炸毛的样子，捂着胸口喊着疼地又想笑。我越看越生气，索性从客厅走到外边院子里坐着，气鼓鼓地不愿理他。

夏日清晨的太阳已经上来了，日头虽不烈，却也让人胸中的一腔怒火不断上涨。往常我一出来还没坐下，许先生就该跟出来赔礼道歉来哄我了呀。今天我都坐了这么久了，居然还没出来哄我！哼！我正想着该以一个怎样气势汹汹的形象进去，好镇压一下他越来越嚣张的气焰时，许先生极具诱惑的话语便传了过来。

“新酿好的青梅酒出了，色、香、味都极佳，要尝尝吗？”

我一回头便看到许先生倚在门口，手里拿着玻璃杯摇晃着杯内青色的液体，一脸蛊惑地说着。

“要！”

我得承认，极具诱惑让我投降的绝对不是许先生，而是他手中的酒。

2

我也喝酒。

不过，这是个悲伤的故事。

许先生爱酒，上可追溯到他爷爷那辈，下可说他的酒龄和他的年纪一般大。他也说不清爱酒这个习惯是从哪一辈开始的，他爷爷爱喝黄酒，以那种古法酿制而出透着烈的口感为最佳。他爸爸因为工作应酬关系，偏爱于白酒，高粱、糯米几重出的酒，一抿全了然。到他了，喝得便比较杂。

小时候跟着爷爷住，爷爷是老中医，开药方、抓药一手搞得定，人没什么架子，就爱喝点儿小酒。邻里街坊都知道他这点儿小爱好，上门看病都会带着点儿自家藏的酒。爷爷也不见外，好酒都收着，饭前喝几杯。

许先生打小吃饭，都会被爷爷用筷子蘸着点儿酒放他舌苔上，看着他因为酒过烈而皱着眉吐舌大笑。奶奶自然是用责备的语气说爷爷，小孩子哪能喝酒。

但是，许先生年纪小，胆子却不小。不管哪种酒他都会张着小嘴，一副跃跃欲试的表情。也不知道是培养惯了，还是天生就是爱酒的命，许先生喝酒还是有两下子的。

闻酒是基本，尝酒是功力，许先生还会自己酿酒，那就是非常人了。

但是你也不能奢求他酿出陈年女儿红，不过家庭小饮的酒，他一般都能够自己上手，比如，青梅酒。

我是几乎不喝酒的，年少时第一次喝到啤酒的时候，被啤酒苦涩的口感冲击到，从此一看到啤酒罐都有了阴影。

可是许先生让我重新认识了酒，也发现了酒的美妙。

许先生的妈妈有一次给我们送来了一筐青梅，个大、肉厚、核小，酸味中带着点儿甜。我当时牙齿不好，咬酸的太费力，又不愿意浪费了这一筐青梅，打电话问许先生该怎么处理的时候。他在那头语气一高，别提多高兴地说着等他回来。

我没见过他爱吃青梅，在电话这头丈二的和尚摸不着头脑，有些不明所以。

他回家后抱着一罐酒，一脸激动地说着："青梅在哪，在哪。"我连忙带着他去厨房看，他把酒放下就开始处理青梅。

先是用淡盐水浸泡，又用小刀子划开青梅，再是倒酒、放冰糖什么的。折腾完了之后，用一个超大的玻璃缸装着。

我全程在旁边看着，看他弄完之后，小心翼翼地问他："你这是在做青梅酒吗？"他宝贝极了地把青梅酒放到柜子里藏好，点头说着：

“是啊。”

“这青梅够新鲜饱满，是极好的原材呀。而且这高粱酒是我今天特意跑到城西那头的酒庄打回来的，就是为了这一缸青梅酒呀。”

我看着他一脸激动的模样，还真是哭笑不得。

后来我自己都快把这事忘了，谁知道好几个月后的某一天，许先生突然神神秘秘地把我叫了过去。

一缸颜色正好的青梅酒被他挪了出来，开盖的时候能闻得到特别浓郁的青梅味与高粱酒味融合的醇香。许先生用一个玻璃杯装了一小杯，拿着酒杯晃了晃，再入口咂吧了两下，神情立马变得激动了起来，像小孩子发现了新大陆一般，连忙盛了一杯给我尝味。

虽然我本身对于酒有抵触，但在看到这一缸的时候，说实话依然很心动。我疑惑地拿过来，小心翼翼地抿了一口，竟然发现意外地好喝，类似于喝青梅饮料一样，但是又比饮料的口感醇厚浓郁，回味也很清香。

许先生说因为现在开盖喝还不是最佳的时候，所以口味并不会很浓郁，以至于度数过高。不过通透清澄已经达到了六成，算是一杯极佳的青梅酒了。

我咂吧着嘴说着“好喝好喝”，瞬间一杯酒下肚没了踪迹。许先生摸了摸我的头，说着这样喝可不行，便给我解锁了几个喝青梅酒的好技能。

他拿出冰啤酒来，把青梅酒和啤酒混合，我本来还想着说制止他，因为我很讨厌喝啤酒。许先生一副你放心的表情，我只好端过来尝了一下。一瞬间，那种感觉绝对不亚于发现新大陆。青梅酒的甘甜融合了啤酒的苦涩，味道一下子变得纯正折中了不少，口味不会觉得腻，也不会觉得苦，竟然非常的清甜好喝。而且夏天喝，简直是消暑神器。不过许先生不让我贪杯，他说毕竟是混合在一块儿的酒，容易醉。

在会喝酒的许先生带领之下，我又解锁了好多种关于青梅酒的喝法。

和橙汁一块儿混合喝的时候，有点儿类似水果鸡尾酒。这是绝对不会醉的啦，也非常好喝。不过我最喜欢的还是和绿茶一块儿混合，冰绿茶和青梅酒按照一定的比例混合在一块儿，入口的时候非常好喝，口味淡淡的，又很凉爽，入口的体验是最棒的，还有唇齿留香的感觉。

不过许先生还是喜欢喝醇厚一点儿的，他不是很喜欢酒和其他混合，因为会冲淡酒原本的味道。

但是，管他的呢，我觉得好喝就行。

所以，从某种程度上来说，我也算是一个入门级别的爱酒人士了。这一切自然全拜许先生所赐。

虽说我俩都爱酒，但是许先生对于酒的自控能力是非常强的，强到也要控制我。比如在外开车绝对不许喝酒，在家绝对不许贪杯。军令如山，我俩都得执行。

有了点儿小酒瘾之后，偶尔回我妈那儿，我还会偷着喝点儿我妈的酒，可是却发现她那些酒都是明面上标着高价，口感却没觉得很高端。每每此时，我都会心生出还是自己家几十块钱酿出来的酒最好喝的感觉。

所以，我们俩在外都装作是不会喝酒的那类人的。

你们说，我一个活生生的“正宫娘娘”本来沦落到要和美酒争宠的，现在倒成了美酒把我收买。难道，这不算一个悲伤的故事吗？

3

我坐在餐桌前看着眼前的这杯青梅酒，犹豫着是该把它们一口一口慢慢喝完呢，还是拿出冰箱里剩下的冰啤酒兑着喝。可是，我又实在很想喝纯正的它。

当我可怜兮兮地望着许先生，希望他明白我还想要再来一杯的时候，许先生皱着眉，用一脸正义的表情回了我三个字的信息。

“不可能。”

我就知道他是这样的小气。我端起青梅酒就准备一饮而尽，还没送入口就被许先生一把抓住。

“你这样喝，小心醉。今天这罐的浓度比以前的都要高，兑橙汁喝，度数会低一些的。乖哈。”许先生拿出一盒橙汁来，帮我把青梅酒和橙汁混合在一块儿。

我喝着改良版的水果鸡尾酒，不忿地说着：“我现在的喝酒水平直线上涨了，好不好！”

许先生没接话，满脸宠溺又好笑地看着我问：“那么请问上个月在山顶露营时喝醉的是哪位呢？”

我的脸唰的一下红成了茄子，不再搭话，低着脑袋闷头喝鸡尾酒。

4

六月末的时候，我俩出了一趟门，自驾游到邻近的一座山上去度假。说是度假不如说是去野炊，因为我们都自带了全部食材和装备。

这座山不高，可是在山顶有一片极为漂亮的草坪。五六月份是最佳的观赏游玩月份，可以在早上看到层层云海，在草坪上可以看得到晨光笼罩下一片金光灿烂，落霞的时候更是极为醉人的美丽，有种和太阳一块儿落山的感觉。

之所以选择这里，一是因为它近，二则是因为我和许先生也太久没出门了。索性不如自驾游，逛到哪儿就去哪儿。

开车到山顶的时候，车子进不去草坪，我俩便把车停好，带上我们自己备好的食材，想着晚上还可以躺着看会儿星辰，便把冬天的厚衣服也都带上了。

路程不远，走了不到十分钟基本就看得到一片绿草坪在前方，非常壮观漂亮的草坪，让人看了就忍不住想脱掉衣服跑到上边去打滚儿，去像只小狗一样撒了欢儿地跑。

可是，不知道为什么，那个瞬间本能的是想要和许先生牵着手慢悠悠地走。山顶的风很大，我和许先生都穿着比较抗风的外套，许先生始终紧紧地抓着我的手。我俩不像二十来岁的年轻人，却更多的是像一对老夫老妻。

我笑话说生活把我俩都磨老了，许先生下一秒便突然拉着我在草坪里狂跑了起来。我连连惊呼，叫个不停。许先生却玩性大起地拽着我一个劲儿地朝着前边的山坡上跑，边跑边大声尖叫。最后我俩都像疯子一样，在山顶牵着手狂奔，毫不顾忌。

跑到草坪顶处的时候，我撑着膝盖一个劲儿地喘气。许先生一屁股坐在草坪上，看着我笑。那个瞬间，很像他十七岁在楼梯口等我时，看着我从教室里出来的笑容。

好像，这一刻我俩都重返了十七岁。

当我还没回过神来的时候，许先生已经从包里把带上来的野炊餐布、零食小吃都摆了上来，满满当当地放在了我俩之间。

“你有没有觉得我们好像在家庭野炊啊？”

我坐下来挑着眉看着他说。

“差个孩子就完美了。”

配着他贱兮兮的表情，这一局许先生完胜。

两个“小朋友”的野炊开始，那就是，一起躺下来看风景。

有时候你会觉得很奇怪的，有些人天天和他睡在一张床上，可是你们仍旧很陌生。而有些人，只要躺在一块儿，你就会觉得整个全世界都是安全的，都是美妙的。

此时的我们，就算不用手牵手地并排平躺，中间还隔着一小段的距离，你仍旧会觉得整个宇宙都在你身边。

六点半的日头耷拉着脑袋，摇晃着开始换装容，准备去另一个半球见它所爱的人。我和许先生躺在山坡上，彼此都没有讲话，就静静地看着日头落下。

曾经我还很年少的时候，爱看很文艺的书。书里常说，日落的时候是妖媚的女人，而清晨的时候是清纯的少女。年轻时都爱少女，而迟暮了都眷恋妩媚的女人。

我记得当时在旁边写了小小的一行字，说：“妩媚的女人才值得眷恋，美人总是易逝的。”

果不其然，这么多年了，我最爱看的依旧是每一处的日落时分。

享受这一片大地慢慢地披上柔媚的衣裳，一件一件目不暇接地在每一个事物身上更替着色、变幻着装，美丽得丝毫不亚于欣赏一出精彩的时装秀。而大自然的时装秀往往是毫无纰漏、无可挑剔的。在这位“妩媚的女人”的变幻着装中，她时快时慢，让你追赶不及。

下一秒，你就只能在她布置的黑幕里等待。

而黑幕有她留下来的惊喜——点点星辰。

最后一丝光要消逝的时候，许先生从包里掏出了一小罐玻璃罐装着的酒。

我正沉醉于落霞的美中，便被他开盖之后的那一缕醇香所吸引，不禁惊呼大叫道：“你居然带了酒！”我腾的一下坐了起来，就准备抢过来喝。

许先生一躲，说：“不要急，我先把杯子拿出来。”

我一想到在外边喝酒许先生都要限制杯数也未免太扫兴，就垂头丧气地耷拉着脑袋不言一语。不一会儿，许先生把一杯青梅酒端了过来。我立马为一杯酒而折腰，欢快地端起来就喝。喝完之后，我还不忘咧着嘴说一句：“好喝！”

许先生看了我一眼，无奈地笑了笑，把酒罐递了过来。然后他就势躺下，双手枕着脑袋，缓缓地说道：“慢点儿喝，不要呛到了，又没人和你抢。”

我立刻抱着酒罐不撒手，心满意足地坐着看远处的点点灯光美景。

然而，当我无所顾忌地扑向青梅酒时，我记忆的最后一秒停留在我把罐里的最后一滴酒倒进了嘴里，特别开心地张口叫了一声“许铭泽”，然后就什么都不记得了。

再然后，等我醒过来，就已经回到了家里的床上！

说实话，那种前一秒还停留在昨天，停留在别的地方干别的事情，下一秒睁眼醒过来就回到了自己家里的床上的感觉，我相信所有人都以为自己做梦了。我也不例外。

可是头痛欲裂不会欺骗你发生过的真实，许先生端着清茶进来给我醒酒的那抹意味深长的笑，也会告诉你这些都是实实在在发生过的真实。

只是，我不记得了而已。

我居然喝断片了。而且，毫无记忆。

以至于我后来都极力回避这件事，坚决不承认我在外边喝醉了酒，而且毫无记忆地从外地回到了家。

许先生也绝口没提过，只是对我实施了严格控制酒量的命令，绝对不允许我贪杯。

5

“所以，上次我喝醉酒之后到底发生了什么？”

我终究还是忍不住开口，想知道当时到底发生了什么，让许先生对我喝酒从此像防止什么恐怖事件发生一样极度警惕。

“你确定想知道？”

许先生撑着脑袋看着我，一脸认真地问道。

“要！至少让我自主断了忍不住想喝酒的念头。”

我一副视死如归的模样，许先生便不急不缓地端着酒杯轻抿了一口，平静地叙述道：

“其实也没什么，你应该还记得你喝完之后叫了一声我的名字吧。”

“嗯，记得，我当时好像挺开心的，就忍不住叫了你的名字。我脑子里就记得这个了，后边的就什么都不记得了。”

“你那声‘许铭泽’几乎惊醒了我们方圆一里内的所有人，超大声的，把我都吓到了。再然后，你就开始了大吼大叫，酒品真的有待提高呀。”

“啊！大吼大叫！我都干了什么啊！”

“其实也没干什么，你不过是大声叫着我的名字，一遍一遍地冲着山坡下喊着‘我爱你，许铭泽’。然后你就像只脱了缰的野马一般，在草坪里乱跑。你喝醉了酒，力气却大得出奇，我怎么拉都拉不住你。不过，能感觉得到你是真的开心，一个人边跑边大笑。我也是第一次看到喝醉酒不是哭而是醉着大笑的人。”

“啊呀，你当时怎么不拉住我呀？多丢人哪！”我自己都觉得有点儿羞愧，居然当众做过这样傻的事情。

“你开心就好嘛，再说了，大晚上的山顶也没多少人。我担心你穿得少冻坏了，就拉着你要把你拽回去。你这时候倒是清醒得不行，一个劲儿地说着不回去，要去看星星、看月亮。我第一次发现啊，你难哄得要命。我好说歹说才把你拉回了车里，让你躺在了后排椅子上睡觉。”

“后来呢？我就这样一路睡了回来吗？”

“本来想着在山顶找间宾馆睡一晚再回来的，可是你已经睡熟了，我就想着要不还是回家吧，就开了一夜车回来了。”

“啊，那你不是很辛苦，又是照顾我又是开车的。”

“没有，你后来都很乖很乖地睡觉。没有闹，很乖。”许先生摸了摸我的头，笑着冲我说。

可是我知道，后来去洗车的时候，后座被我吐得到处都是，而我身上却干干净净的，什么都没有。那晚他一定累坏了。我突然觉得后悔极了，一想到那晚他连夜开车回来就是为了让我睡得安稳一些，就自责不已。

“我以后只喝一杯，再好喝我也只喝一杯了。”我咬着嘴唇，满心自责地对许先生说。

许先生轻笑了一下，揉乱了我的头发，把我抱在怀里，低低地说道：

“傻小浅，不让你贪杯，不是怕你喝醉，照顾你很麻烦；而是你酒量浅，喝得太猛对身体不好，你的身体承受不住的。要不是因为这个的话，我倒是宁愿你每天都在喝醉的状态下。”

“你就是想看我出丑！”我连忙着急地想要挣开他。

他没有松手，把我搂在怀里抱得更紧，俯下脑袋轻轻地亲了亲我的头顶，语气温柔地说道：

“你在喝醉的状态下，很可爱，率真地大叫着你爱我，一遍一遍地叫着我的名字，冲着我毫无保留地大笑，我喜欢看这样的你。我也喜欢你在喝醉的状态下，迷迷糊糊地拉着我的手和我说：‘许铭泽，我是要跟你一辈子的呀。’我也想和你说，这辈子我也只能赖着你了。”

我把头埋在许先生的怀里，之前的所有自责后悔统统化成了“这辈子就这一个人”的念头。

我在你面前，是如此的不害怕出糗、不担心安危、不用去想所有未解决的问题，真好。

跟着许先生一辈子，真好。

——End

许先生的母亲

1

夏季正式来临的征兆，是从一场暴雨开始的。

噼里啪啦砸下来的雨滴从窗台的窗子溢了进来，许先生撑着伞在窗台上放了好几个小盆接屋檐上流下来的雨，放了毛巾在落地窗的底下，防止潮气把地板弄撑开。

我在屋内看着他穿着短裤衩、人字拖、白色T恤弯腰做着那些事，竟然有点儿觉得世事恍惚。

原来，和这个男人已经在一起生活了如此之久。

高中的时候，记得有一次语文考试的作文题目是——请描述你心中所认为的人间烟火。也不知道十几岁的我是怎么写出想开一家热气腾腾的面馆，朝五晚九地给每一个人填饱肚子。果腹温饱，想来是人间最大的烟火味所在。

如今却觉得，最大的人间烟火莫过于心爱之人为你洗手做羹汤、挽袖修篱桩。

“今年的雨好像比以往的要大了许多呀。”许先生站在屋内的地毯上拍掉身上的雨，我把毛巾拿过去帮他擦头发。许先生倒是够懒，站在门口弯着背，乖顺地把脑袋低了下来。

无奈我只好用毛巾把这颗毛茸茸的脑袋给一把裹住，胡乱地揉着他有些发湿的头发。

“对呀，今年的雨水似乎比以前的多了许多。”许先生顶着一颗毛巾脑袋朝我怀里扑，我后退了一下，嗔怒地说：“别闹，好好擦头发。”

许先生下周出差，出差前他像个园丁管家般，把家里所有东西都捯饬了一遍。院子里的石子路扫掉了泥土，屋里的窗户都被他检查放好了防水的东西，厨房、杂物间都喷洒了防止夏日蚊子滋生的药水，我说他像个怪异博士。许先生一脸严肃地说：“这是幼儿园园长确保孩子安好的必要消防工作。”

晚间吃饭的时候，许先生接了个电话。

当时我俩正在讨论着他出差到杭州得给我捎点儿什么好玩儿的玩意儿，电话结束后，许先生颇为认真地盯着我看。

“小浅。”

“嗯？这么严肃，有什么事情发生吗？”我歪着脑袋，筷子抵着下巴，有点儿迟疑地问他。

“我妈说，下周她想来我们这里住一段时间，让我问问你的意思。”

“可以呀，反正我下周也休高温假，刚好可以在家陪陪你妈。”

说完这句话，我才意识到作为一个从小很少和“妈妈”这样的角色接触过的孩子来说，我就算已经成了许太太，却好像仍旧一直鲜少开口叫“妈妈”这样的字眼。

2

在我至今生活过的日子里边，我作为女儿的角色在家的时候，和我妈妈的接触就非常少。外婆几乎扮演了我对于女性角色的所有认知。后来离家读书，妈妈改嫁，我都鲜少与她接触、交往，或者有更深的联系。

许先生的家庭，更是我触及极少的一部分。

仓促的结婚，两家人算是明面上第一次打交道。我不是第一次见到许先生的父母，却在婚礼上第一次开口叫了“爸、妈”。

说到家庭，我和许先生其实差不多。我父母从小离异，我算单亲家庭，又算留守儿童。许先生的父母是在他读大学的时候离的婚，当时还算一件发生在县城里边的很轰动的大事。我那时和许先生并未有所联系，得知消息还是外婆闲言碎语地说起时，我才知道原来许先生也失去了一个完整的家。

他的父母离婚不是一件很光彩的事情。许先生的父辈都是从医者，他父亲原本是我们小镇的医生，母亲是镇里高中的老师。医生与老师的结合，一直以来都算是郎才女貌的最佳绝配。

许先生的基因很大一部分来源于如此优秀的父母，他爸爸很高、很英俊，他妈妈则是温婉大气的类型。如果说让我幻想最成功的家庭，在此之前我一定觉得是许先生这样的家庭。

离婚在某种程度上来说是一件非常隐私的事，而被众人所津津乐道则是由于它的独特性。

许父许母的婚姻走到尽头，之所以被摆放在一个众人皆知的角度，其理由搁在如今其实很简单，男方出轨，女方放手。

可事实却被传得神乎其神，不外乎男方出轨的女性是多么厉害，某高官子女以怀孕直接逼迫两人离婚。女方则是被怜悯多么可怜，又毅然接受离婚多么孤勇。

当时这件事被传得沸沸扬扬，许父作为医生，对待病人多善多德；许母教书育人，桃李芬芳无数。一时间两人离婚，最多的闲言碎语被另一个不知名的女性占了多数。

似乎大众津津乐道的从来都是棒打了鸳鸯，大难拆了夫妻，却从未有人关心过婚姻之下的最无辜的孩子。我当时只是知道，却没有和许先生有过半点儿联系。

想来当时，他一个人在面对选择跟谁的时候也有过辗转难眠的夜晚。那种感受，我当时非常能感同身受。

许先生在这一次家庭变故当中，被判给了妈妈。

我后来才得知，原来许先生的妈妈是隔壁高中很有名气的语文老师。

3

许先生的妈妈是周一清晨坐车过来的，我在电话里边说去接她，被她温柔地回复说：“小浅哪，我认得路。”

我和许先生结婚之后便一直是两人住，双方的父母都各自有家，所以节假日除了某一方的邀请之外，我们大多数都在自家窝着。彼此的父母也未曾过来常住，我也自然没有面临过处理婆媳关系的问题。

这一次，要和自家婆婆单独住上一周，没有许先生，我内心还是颇为忐忑的。

许先生的妈妈姓秦，单字漪。很好听的姓，很好听的名字。她跟着许先生叫我“小浅”，我有点儿害羞，叫不出口“妈妈”两个字，许先生的妈妈倒是不在意，让我叫她“秦妈妈”好了。

我家专门有两间客房，一间大窗，一间中等窗子。我怕夜里开窗睡觉，大窗太凉，便把小棉被放在了中窗屋里留给秦妈妈睡。

秦妈妈刚进屋的时候，就和我抱了一下，说：“实在想来住一段时间，便忍不住来麻烦你们了。”我笑着领她进屋，说道：“哪里的事。”

一时之间，倒反觉得少了些婆媳的尴尬，多了些母女的亲切与随和。

秦妈妈是个很温婉的人。她给我的感觉和我妈相差太多太多。

我妈是雷厉风行、说一不二的，来我这儿喝杯茶，茶都还没端上桌，她便火急火燎地要回家。叔叔则是个慢性子的人，我常觉得叔叔与我妈一个是那炉火里烧得不旺却一直在烧着的大树桩，一个则是上边还没开便噗噗地叫唤个不停的水壶。

而秦妈妈给人的感觉，就好像如沐春风般，让人觉得格外的舒服。

秦妈妈离婚之后，许先生在本地上学和她住一块儿。我和许先生在一起之后，常听到他提及他妈妈暑假几乎不在家，去全国各地游玩的事情。

我当时以为他妈妈是个和我妈一样豪爽的爱好自由的人，可真正见面之后才发现，自由从来不是外向所表达的，而是一个人的生活状态。

“小浅，这间屋子我能住吗？”秦妈妈拎着箱子站在客房前边问我，我在客厅倒水，连忙跑过去看了看，说：“可以呀。”我刚准备开口说这间屋子会不会容易着凉，秦妈妈倒是笑得一脸灿烂地冲我说：“这间屋子我可真的太喜欢了。”

“喜欢就好。”我打心眼儿里很喜欢这位相处时间并不长的婆婆。

我因做菜天赋有限，只能炒俩小菜，大菜、硬菜皆上不了台面。秦妈妈倒是不挑，也未曾觉得这样的儿媳娇气，只是在屋里转悠看着我的那些书，还有一些许先生的收藏，说：“就我俩，没必要吃什么太好的，你怎么吃就搭上我这个老太婆就好。”

我只好硬着头皮做了几个菜，都是夏季消暑的小菜，有些就是院子里我们平时自个儿种的。吃饭的时候，秦妈妈一个劲儿地夸我做菜好吃，说她做菜特别难吃，便逼着许先生从初中开始便自学厨艺。我俩笑作一团，说许先生的厨艺都是被环境所迫。

两个女人，共同讨论她们彼此深爱的男人，原来是种可以分享的心情。

秦妈妈的作息很规律，饭毕看会儿书便午休，午休起来便和我坐在书房里喝茶。

她说起她去杭州的时候，有时会戴着斗笠、穿着粗衣，去茶区里边跟着茶农们采毛尖。那新鲜刚冒出来的毛尖嫩得真是颗颗能掐芯出汁。还提到她去福建武夷山，爬来爬去地钻进深山里边见到了那一棵至今为数不多的大红袍树。

“去参观那棵大红袍树的时候，所有人都得在树五米开外的地方，那棵树可真的是受到神圣级别的保护。当地人真的不亚于供了一尊菩萨，炮声刚响，所有人齐刷刷地跪下。我见过太多的祭拜场景，却第一次在深山里边被这样一群供奉茶树的茶农们给感动到不行。所以呢，我们喝的是茶，可有人喝的是茶之外的东西呀。”

秦妈妈说起她的经历的时候，你根本很难把眼前的这个人和那个所有人口中“被抛弃的妻子”画上等号。

我们俩聊着聊着话题就回到了许先生的身上。秦妈妈喝着茶突然看着我笑，问我第一次见到她是在什么时候。

我想了想，好像是高一全年级家长会，我在大会礼堂里边转着身子找许先生的座位，看到了坐在他旁边的许妈妈。当时只是一个背影，也看不太真切。真正见面，大概是大学毕业我去他家吃饭，那次才算是第一次见面吧。

和秦妈妈说起第一次见面，她却捧着茶杯笑着说：“那看来婆婆看媳妇，是要在前头没错的了。”我纳闷起来，实在想不起秦妈妈会是在什么时候就已经见过我。

“你们高一刚开学的那会儿，我就算正式见过你了。”

这话一说出口，我便惊得不知所措起来。

“那是第一次见你，不过知道你可比那时候还要早了。许铭泽这孩子，平时嘻嘻哈哈的，其实什么都藏在心里不说。他上初中的时候，我和他爸都还在镇上上班，后来他上初三，我俩因工作变动就都到了城里边，想着让他考到我那学校去吧，还有个照应。谁知他自己改了志愿，最后也没法，就去了另外一所高中，好在也是重点。我当时还纳闷这好好地怎么就改了志愿呢？后来才知道呀，原来这小子那时候是早恋。”

“啊，那个时候我俩没在一块儿呢。”

从家长口中听到当初的事情，我竟然有种早恋被抓住的胆怯感。

“哈哈哈哈，你俩要是当时在一块儿，说不定还省了好多麻烦呢。我也是开学送他去学校的时候，看到他在你们那分班红板上边一个劲儿地找名字，我还以为他找你们同学呢，可后来一想，老同学在一个学校不都互相告诉对方在哪个班吗？班主任当久了，敏感度就出来了，我就想肯定不对劲。我刚准备问呢，他就突然扯着我转过身朝前边走。我一回头看呀，就看到你站在了那红板面前，他还好别扭地拉着我使劲走，不许我回头看。哈哈，当时我还开玩笑说你长得挺好看的呢。”

瞬间，坐在对面的我耳朵根都红了起来。

突然想起当年去许先生家吃饭，我还纳闷刚进屋许先生的妈妈见到我的第一句话就是：“还是原来那小姑娘呀，都长这么漂亮了。”

现在，细思极恐哪。

和秦妈妈聊完当年不成熟的天之后，我俩就简单地吃了个晚饭。我出版社还有工作要做，便和秦妈妈打了个招呼，进屋去了书房。

许先生打电话过来的时候，我刚好忙完手头的校稿。

“今天还好吧？”

许先生的语气是典型的一副生怕自己不在家，婆婆和媳妇转身就得上演一场大戏的样子。

“还不错呀，我和婆婆相处得挺好的。”

“哈哈哈哈，那是，也不看看是谁老婆。不过我妈的性子和你的性子真的应该很难会有啥可吵架的。辛苦你多陪陪我妈，她这几年以来唯独这几天最难过，我不在家就只能多麻烦你了。”

许先生极少和我提及家庭的事情，我们双方的家庭都比较特殊，没有太多交集，自然也不需要刻意了解太多。可是许先生这样的语气，却是实打实的第一次。

我从不知道许先生的母亲和父亲，当年确确切切地发生过什么，也从没有过问过。

“你妈也是我妈，说什么麻烦。你还有事吗？没事我出去陪咱妈看电视去啦。”

电话那头的许先生轻声笑了笑，说着：“好。”

客厅里边秦妈妈正坐在落地窗前，开着落地灯看书。影后趴在她脚边缩着，这只向来见生的猫，此时此刻倒像是熟悉至极般地趴着不吱声。

我站在后边看着这位已经年过半百的女人，突然觉得有点儿敬佩。

对于我妈那种成功的商业人士、成功的二婚妈妈，我从未觉得敬佩过。我只是觉得她厉害，却不让我心生敬佩，大概是因为我并未曾向往过。

可如今这样一位单身、有趣的女性，此时此刻的背影却让我有种肃然起敬的感觉。谁说一个女人的完整、圆满是建立在男人身上，建立于家庭。真正的自在，是活出了属于自己的味道。

“喵！”

影后看到我之后喵着朝我爬来，秦妈妈从摇椅里边回过头看着我笑，说：“忙完啦。”我抱着影后，搬个小椅子坐在她身旁，点着头说着：“嗯，忙得差不多了。”

“看到你们这屋子啊，我就觉得世事弄人真好笑。你说我教语文的，许铭泽他爸是医生。按道理来说，许铭泽要么语文好，要么学医有天赋。可他偏偏语文成绩最差，学医毫无兴趣。都说这孩子像父母，我看是借胎生哪吒，谁都不像。”

说完我俩相互看了一眼，随即哈哈大笑起来。

许先生的母亲教语文，我还是上大学之后才知道的。我之前只知道他有一位当教师的母亲，却从未得知她所教的学科。要是当初知道的话，估计我从一开始就不会每天一板一眼地督促他学语文了，当真是班门弄斧了。

“其实说起来，我和他爸的确不算是好父母。刚生下他的时候，正赶上两人都忙，白天他上学，我和他爸上班，我当时是班主任，他爸是医生，也忙不完。每次放学了，总是他一个人最后才走，也没人接过。自己走路到爷爷奶奶家吃饭，吃完饭写作业，我们下班了再去接他。他小时候很少和人亲近的，就算是我和他爸，他都难得开口和我们讲两句。他也算是懂事，从小到大没让人操过心。

“说起他小时候，有一次印象特别深刻。当时他才二年级吧，我们还住在他爸单位分配的楼里边。我那天下班特别晚，回家的时候天都黑了不知道多久了。走进楼道的时候，我拉亮那楼梯间的灯，就在那楼梯底下看到许铭泽坐在台阶上，双手抱着膝盖，小脑袋搁在上边睡着了。当时觉得，自己为人师表对那么多孩子负责，却好像很少对他负责过。

“他初中的时候自己学的做饭，家里边才算有了点儿油烟味儿。可是他打小就不爱讲话，他爸呢，脾气也随和，我也差不多，一大家子往往是放假在家各忙各的事情，现在想来还是蛮有意思的呢。”

说这话的时候，秦妈妈脸上露出了那种难得见到的轻松笑脸。那是一位妻子、母亲都会具有的神色，令人着迷。

聊了会儿天之后，我们就差不多各自休息了。秦妈妈叮嘱我说，她晚上会有点儿梦魇，让我别介意。我告诉她有事随时叫我，我睡得很浅。

她回我一个放心的表情，然后互道晚安。

4

我夏天睡得比较晚，而且睡得很浅。睡前我正在和许先生有一搭没一搭地聊天的时候，按道理已经休息了很久的隔壁屋子里，传来了轻微的声响。

我和许先生说了一下，便不太放心地出门站在了秦妈妈房间的门外。站在门外的时候，里边安静得什么都听不到，正当我以为自己疑神疑鬼地出现了幻觉并打算离开的时候，屋内传来了小小的啜泣声。

我的脑子轰的一下有点儿懵，不知要怎么办才好。我急忙把拖鞋脱下来，拎在手上，踮着脚走回了房里。

刚一进屋，我立马反锁上门，跳上床给许先生发微信。

“咱妈好像在哭？怎么办啊，我该做点儿什么吗？”

“别担心，我妈妈这样很多年了。这几天她的情绪都会很低的，特别是晚上。”

“那怎么办呀？我还是出去看看吧，你明早还要开会，先睡吧，家里的事交给我。”

我着急地和许先生道别，便坐在床上想了会儿该怎么办。

如果是偷偷躲起来哭的事情的话，那应该不太愿意让别人知道。可是在难过的时候，知道身边有个人应该会好很多吧。寻思琢磨了一会儿，我想到了一个办法。

我跑进许先生藏着酒的储物间抱了一罐酒出来，又找了一个玻璃杯，拿着跑进厨房后，把杯子扔地上摔碎。为了力求效果，我还“啊呀”地大叫了一声。

房子空荡，夜间的时候更是回响巨大，连影后都“喵呜喵呜”地跑了过来。没过多久，秦妈妈便出现在了厨房里边，她裹着睡衣、散着头发一脸惊恐担忧地问我：“怎么了，怎么了？”

我边收拾边打着哈哈说：“写稿子写得有点儿累，就想过来喝两口酒，不小心把杯子弄碎了。妈你回屋睡觉吧，这里我收拾就好。”

秦妈妈看到了厨房里边的酒，又看了一眼我那演技为负的表情，笑了笑说：“那我也陪你喝两杯吧。”

她说完便朝客厅走去，影后也喵喵着跟了过去。

我把酒和杯子都放在茶几上，各倒了一杯，秦妈妈裹着小毯子看着我，眼睛是看得见的红肿，却也笑意盈盈地仿佛在说：“你在想什么我都清楚。”我没吱声，端着酒杯跟她碰杯，笑着说：“干杯。”我刚抿了一口，影后便从沙发上喵喵乱叫地爬过来要打掉我手中的杯子，我笑着和它玩儿，不让它碰到，训着它忘了谁才是主人，见色忘利的小人猫。

秦妈妈端着酒杯，看着我和一只小猫闹的笑话。

“现在我总算是明白为什么当初铭泽那样坚定地要和你结婚了。”秦妈妈笑着说。

我听着反而有点儿愧疚，赶走影后不好意思地笑着回道：“当时真的实在不好意思，提结婚真的考虑得太不周到了，让你们为难了。”

“没有的事，我后来和许铭泽还说结婚不算过早，但是婚礼着实太仓促了点儿，让你都没能风风光光地嫁给我们许铭泽，委屈你了。”

“可当时，你们好像不是很同意的样子？”其实一直以来，结婚的事情我一直心存歉意，当时因为外婆的病，我几乎是火急火燎地和许先生说结婚的。当时我虽一门心思都扑在了照顾外婆上，却也能够感受得到许先生的家人并非很乐意接受我。

两家人一起吃饭，还是在许先生拿着户口本和我去领完结婚证之后，当天晚上大家才一块儿坐下来吃的饭。那算是两家人第一次正式见面。结婚并非是一件很简单的事情，它是两个家庭的结合，虽然我和许先生的情况特殊，却也正因为特殊才更难办。

许先生当时到底经历了怎样的困难，我无从得知，他也从未开口提及。可此时此刻，这个疑问便很自然地问了出来。

“这也不能说是不同意，只是谁家娶个媳妇都得先过几趟家门，才能定得下这结婚过日子。虽说过日子终究是两个人过，可父母也终究还是想着总得考虑齐全。你们当时无房无车的，突然要结婚，任由哪个家庭都不是一时半会儿就接受得了的。我当时是全凭铭泽的意见，可他爸却怎么都不同意。”

“那爸后来是怎么同意的呢？”

“这事还得亏了你陈阿姨，许铭泽在我和他爸离婚之后，便很少去见他爸，去了也不开口叫人。你陈阿姨人挺好的，又从小看着许铭泽长大，对他也是极好。当时他爸死活不同意，还说如果结婚了他喜酒都不会去喝的。许铭泽当时上门提着一堆酒在他们楼下小区候着，隔着门吼道，这一辈子就娶定你了。他还真有种为爱豁出去的执念。你陈阿姨就两头劝，后来不知怎的，就把他爸给说通同意了。其实呀，那天晚上两家人喝酒，许铭泽敬的第一杯酒就是给他陈阿姨，也是那么多年第一次开口叫了她。”

秦妈妈说到这些的时候，喝了好几口酒。提到往事，就难以避免会提到难以面对的事情。

“想来，也就我这么多年还记恨着她，没有同她再有言语了。”

此话一出，满室都觉索然。

“小浅，我今儿下午看了你的书《浮生六记》，这也是我当年极其喜欢的一本书，当然那还是在我年轻的时候。我曾经一度以为我和铭泽他爸才是自由自在的一对儿，可这么多年了，我才明白过来，我其实不过是那歌姬之女，虽有缘分却不得其果哪。”

出来喝酒之前，我并不知道秦妈妈能够喝多少，想着她哭得难受的话，倒不如喝点儿小酒解解愁。却没想到，两个酒量都浅到不行的人，竟然企图喝酒。

趁着秦妈妈还有点儿清醒，我扶着她回了房睡觉。

我自己躺在床上想起《浮生六记》时，才想到秦妈妈那话里的意思。

5

往后的几天，我俩都似乎更多的是在生活，而不是过婆媳之间的日子。

白天，我们俩会戴着草帽去许先生开垦的小菜地里边摘菜、挖土、浇水。夏季蔬果都长得极好，个头饱满的西红柿、长着小刺的青嫩的小黄瓜，还有长长的豇豆，以及一小片的辣椒树。

之前挖土开垦的时候，我问过许先生为什么会干这些，许先生说起是小时候在家跟着奶奶学的。现在自己住，就还是想着自己种点儿会比较好。可我俩平常上班忙，这小片菜地也不过都是让旁边的邻居帮着照看，蔬果也都可以自取。

秦妈妈对于小菜园的兴趣极高，她说她从小十指不沾阳春水，结婚之后也没有做过饭。真正学着做饭，居然是从许铭泽念大学之后开始的。而现在她突然有点儿羡慕我们俩住在郊区，还可以有小片土地种瓜果。

下午有时候，我俩便在家里喝茶、看书，因为都是和文字相关的工作者，所以我们在某些方面交流起来竟然意外的投缘。不管是观点还是分歧，统统都有趣得紧。

到了晚上，我便会把家里的小竹椅子搬到院子里纳凉，两人一人一壶茶躺着，有一搭没一搭地聊天，我们聊得最多的莫过于许先生。

一个母亲和自己的媳妇聊起儿子从小的各种有趣事项，而我这样的儿媳则和婆婆分享她所未曾参与过的日子。

我在之前曾顾虑担心过很多关于婆媳的矛盾，如今看来，却觉得如此多余。我遇见的并非是一个难以搞定的婆婆，而是一位很有魅力的忘年之交。

许先生提前回来的那天晚上，我和秦妈妈刚吃完饭准备出门散步，远远地就看到许先生的车开了回来。站在院子门口，我和秦妈妈相互挽着，看着他远远地驾车归来。许先生未吃饭，原本约好两人出门散步的，最后不得已变成了秦妈妈说想自己去溜达，让我给许先生做饭吃。

简单的两菜一汤，我刚做完，许先生便刚好洗完澡收拾妥当出来了。他坐在对面吃，我坐在对面看着他。

出差几天他应该没睡好，胡楂儿突突地冒了出来，刚洗完澡的头发都还在滴着水，我坐在对面撑着下巴像是从来没见过他般地盯着他看。

为什么这样的许先生怎么看都看不够呢？他到底拥有什么样的魔法令人如此着迷呢？

“才几天不见，你怎么啦？想我想得都呆掉了？可我看你每天和我妈过得很潇洒的呀，又是摘菜、种花，又是喝茶、纳凉。”

许先生用筷子敲了一下我的脑袋，满眼笑意地看着我说道。

我懒得搭理他破坏了我难得欣赏他、觉得他帅气的时刻，嘟着嘴巴说了句：“快吃你的饭，记得刷碗。”便起身去客厅沙发上躺着玩猫、看书了。

许先生弄完过来坐在沙发上，让我枕着他的腿看书，有一搭没一搭地和我聊天。我们俩一会儿说着家里的事，一会儿聊到了他出差的工作，又一会儿又说起了彼此好几天没见的长相。

说着说着，再回过神儿的时候，我们才发现外头的天都黑了。我俩这才想起，妈还没回家呢，连忙给她打电话，得知她正在回来的路上才松了一口气。

三个人简单地在客厅坐着聊了会儿天，秦妈妈便说累了想回房休息。我和许先生不久也便回房待着了。

睡前许先生在被子里抱着我，我突然很想知道当年他父母离异的事情，便开口说起了那晚喝酒的事。许先生听完之后，沉默了一会儿，随后抱着我用低低的嗓音说起了当年的事。

“陈阿姨其实是我爸医院里边的护士。我妈和我爸，还有陈阿姨，都是刚参加工作时便认识的，陈阿姨认识我爸比我妈还要早点儿。他们早些年的事情我不太清楚，只是我有记忆的时候就知道陈阿姨经常来我家玩儿，她很喜欢小孩子，对我也很好，我妈当时和陈阿姨的关系也非常好。

“我爸和陈阿姨有不一般的来往，其实我初一的时候就已经知道了一点儿，曾亲眼看见过他俩牵手，我从小就和他们不是很亲近，又加上青春期，因此更是比较内向、极端吧。不过，谁知道那时候还能遇到你，想来也算是因缘巧合了。

“后来上初三时，我爸我妈的工作都变动去了城里，陈阿姨当时还是在镇里的。我当时以为一切都可以慢慢走向正轨了，一家子可以好好过日子了。

“可不久，陈阿姨也调回了城里。我还记得当时我爸为了庆祝特意让她来我家吃饭，我妈那天回家比较晚，家里就我爸和陈阿姨在厨房里张罗着。其实我妈刚进屋的时候，我都感觉得到她脸上的尴尬。我爸从厨房端着菜出来，说：‘快来吃饭。’陈阿姨紧跟在他后边出来，说着：‘你回来啦。’那场景，真的挺讽刺的。

“我一直没敢和我妈说过初中那件事，毕竟后来我再也没遇到过。可我总觉得我妈是知道的，就算她再怎么无所谓，可身为妻子的敏感度是有的。

“他俩不久后便大吵了一架，陈阿姨再也没来过我家，从此两人也很少讲话。家里本来三个人都忙，渐渐地见面之后也是冷冰冰的。

“爆发应该是在高三吧，那段时间我的成绩疯狂地往下掉。你还记得，当时你以为是你影响了我吗？其实根本不是。家里的事情一团糟的时候，才是最摧毁一个人的。

“当时陈阿姨和我爸的事情已经全部被我妈知晓了，其实他们每个人都想瞒着我，可是我的成绩掉得太快，我妈也知道这事不能再这样下去了。

“后来我和我妈深夜聊了一宿，我妈说起陈阿姨其实和我爸好了很多年了，这么久了一直都没嫁人就是死守着我爸，她也不图什么，就是想和我爸在一起，还为他流过两个孩子。我妈当时很怪诞地冷笑着问我说：‘你不觉得很可笑吗？学医者自己堕胎两次，却一次次劝诫别人不要去打胎。’

“艺术源自于生活，却永远低于它。

“聊完之后，我妈安慰我说放轻松高考，这辈子别后悔。于是后来的事情你也就知道了，离婚其实是在高三的那个暑假。我妈当时还是不愿意离婚的，是陈阿姨直接上了门，跪在了我妈面前求着给她一条生路。那是她第三次怀胎，已经是高龄产妇。我爸没有出面说过一句话，我站在家里客厅看着陈阿姨下的跪。

“终究应该是不忍心吧，我妈劝陈阿姨回去之后，第二天便和我爸去离婚了。他俩当时都小有名气，离婚的事情闹得沸沸扬扬的。我妈也就是从那个暑假开始，一放假便出去玩儿了。

“也是从那时候起，暑假的这几天她也是最难过的，想来终究还是没有放下吧。”

“那为什么后来在我们俩的婚礼上，并没有看到陈阿姨的孩子呢？按道理不应该好几岁了吗？”

“这也是我妈的心病之一吧。之前答应离婚是成全，可是陈阿姨之前堕胎两次，再加上年纪太大，第三次滑胎了，孩子也没能保住。我妈至今都有进庙祭拜的习惯，也是从那时起的。她总觉得是自己的责任，令陈阿姨的三个孩子都没能好好保全。

“以往的这几天我都会回家和她待着，今年便来了我们这里。小浅，也谢谢你陪了我妈这么些天。”

我转过身子抱住许先生，把脑袋埋进他的胸前，低低地说着：

“你妈妈也是我妈妈，以后要不让她搬来和我们一块儿住吧。我们仨住着，你不在时，这屋子也就不会显得空落落的。”

“之前问过我妈了，她说她习惯了在学校住，家里只是偶尔回，暂时不考虑和我们来抢热闹了。以后的事情咱们以后再说吧，先好好想想现在的事情。”

我从他胸前抬起头，眼睛滴溜溜地望着他，满眼天然呆萌地问道：

“什么现在的事？”

“我想生个小小浅陪你玩儿了。”

——End

许先生，余生有劳了

1

入秋之后天气骤冷。

杂志社今年实行秋冬令，十月长假一过完便早上延后半小时才上班。如此一来我与许先生的上班时间便相差过多，因而早上不能同行了。

往常一般是许先生早起做好早餐，我再眯会儿被他叫起来收拾，两人再一块儿去上班。上班时间不一致后，我便让许先生早上先走，没必要早起做早餐，我随后自己坐车去公司楼下吃。

许先生本不同意，他知道我懒散惯了，早上赶不及便不会吃东西。在我再三保证一定会按时吃饭、早早作息的前提下，许先生才勉强同意了我的提议。

往后，我俩在早上便极少碰过面。

虽然我每天起床的时候已经见不到许先生的人影，可是拥有一颗操不完心的许先生总是会留下许多“叮嘱”。

“小浅，锅里有昨晚熬的小米粥，今早喝刚好烂得入口，你上班前记得喝一碗。”

“给你热了牛奶在保温杯里，记得早上带走喝。”

“保温杯里熬了冰糖雪梨，你记得带到公司去，别又咳嗽了。”

……

我每天早上看着餐桌上“许妈妈”的关心哭笑不得，都不知道这家伙什么时候熬的粥、热的牛奶，晚上明明比我还晚睡觉，早上又到底几点起的，我竟浑然不知。

问及许先生的作息，他回我说就是正常的起床、睡觉时间，做这些并不花时间。我嗤之以鼻地表示：“你是一天过出四十八小时了吗，还有那么多工夫操心？”

他皱着眉头表示，如果许夫人但凡对自己更上点儿心，他的时间恐怕就不至于有这么多了。

周三我因为公司有对接项目需要准备，便在睡前和许先生说明早记得叫我起床，蹭他的车一块儿去上班。许先生把我身侧的被子朝里折了一下，拍了拍盖严实，看着我笑着说：“好的。”

第二天早上，我还在迷迷糊糊的半睡半醒状态，感觉到许先生从身侧起床，刚准备叫他，却发现他穿鞋的时候碰到了旁边的落地灯线，牵动了落地灯轻轻地挪动，他立马紧张地回过头来看我有没有被吵醒，看我依旧保持姿势没有惊醒，便小心翼翼地拿着衣服出了卧室的门。

不一会儿，客厅的公共洗漱间里边传来了他刻意压低了水龙头接水刷牙的声音，稀稀疏疏的，听得并不真切。再就是他在厨房轻拿轻放那些锅碗做早餐的声音。

我躺在床上睁开了眼，屋内拉了窗帘看不清外边的天色，可我感觉得到现在还非常早。刚还迷糊的头脑，此时此刻却异常的清醒。

从小因为和外婆一块儿住，老人家的睡眠浅，我的睡眠质量也便一直不高。轻微的声响我便会惊醒，接下来便是辗转于床等到天亮。

后来搬到妈妈和叔叔家之后，更是认床得很。整宿整宿地睡不着觉，睁眼看着天花板熬过一夜，然后听到早上他们开门上班的声音，再挣扎着爬起来自己洗漱完去上学。

大学也是如此，寝室一共四人住宿，我永远是最晚睡觉、最早起床。光亮、声响都会影响到我的睡眠，极其敏感。

我一直以为这两年我的睡眠质量已经有所好转，可是到今日才明白，我无数次睡得安稳踏实的原因，都不过是因为许先生的温柔以待。

“小浅，起床啦。”

许先生打开门轻声地对着我说道。

我深埋在被子里探出头望着他，他手里边拿着锅铲、系着围裙在支开的门缝边看着我。

我突然从被子里钻了出来，穿着睡衣嗖的一下跑过去，一把抱住许先生，挂在他的身上撒娇、索吻。

许先生从我背后用手肘搂住我，试图用力搂起我来，柔声冲我说：“不要光脚踩在地板上，会着凉的，踩我脚背上，乖。”我就势踩上去，挂在他脖子上，仰着头看着他笑。

他笑着低头在我唇上印了一吻，说着：“锅里的早餐要焦掉了呢。”

而我的脑中，却一直盘旋着那句“饭在锅里，我在床上”。

2

我和许先生自从大学毕业之后，便都回了 A 城工作。当时他还在一家大企业上班，我则在之前的公司做本职会计。

因为之前的几年我俩基本都是聚少离多，都决定回 A 市的时候，就已经做好了两人从家里搬出来自己租房子住的准备。我妈是位雷厉风行的女士，说得坦白点儿，就是思想非常前卫。她觉得我这个年纪谈恋爱、同居都没什么大问题，自己注意把握分寸即可。

其实，更大的一部分原因是外婆。

许先生大学的时候没少跟我回外婆家，外婆对于许先生是了解甚多、喜欢尤甚。妈妈自然是从她那儿打听到了许多可靠信息，所以才会在我提出搬出去自己住的时候，没有持太大的反对意见。

倒是当时叔叔的反应比较强烈。家里吃晚饭的时候，我妈进去洗碗，叔叔装作随意地和我聊天，旁敲侧击地不断询问许先生是何许人也、靠不靠谱、为人正直不，委婉地表达出女孩子还是在家里比较安全，谈恋爱什么的并不会耽误，出去同居难免发生意外。

我不禁感到好笑，却又为叔叔真切的关心而感动。后来和许先生说起叔叔的态度，许先生一副怎么会这样的质疑态度。他表示叔叔一看上去就很通情达理，又怎么会委婉拒绝呢？我实在没法告诉他，这“爸爸”看未来准女婿总归是带着敌意的。

我家里这边好搞定，倒是许先生那边出了不少状况。

许先生父母离异之后，许先生便跟着他妈妈一块儿住，他妈妈平时都住校，反倒是他父亲时常念叨让他要勤快些回家。

他在提出要自己在外租房子住的时候，他妈妈只是轻描淡写地问了一句什么时候带回家吃饭，其他的便一概不再过问。于是，正式见许先生的母亲便在那时提上了议程。

最后，我们在搬家的前一天晚上去了许先生家吃饭。

许先生从进小区门便一路拉着我跟周围的人打招呼，我不好意思地跟在他身边，他大方地跟每一位阿姨介绍我，也真诚地跟每一个邻居说“谢谢”。

我从一开始的紧张，渐渐地因他正式的模样而觉得放松不少。进屋后就只有许先生的妈妈在厨房忙碌，我见过他母亲几次，这次算是第一次正式见面。

许先生的母亲有着一手好厨艺，做了满满一桌的菜招待我。我在来之前便和许先生说好饭桌上不用照顾我，我自己会夹菜的。

菜上桌之后，我也没有把自己当作外人假装客气，自然地便夹菜吃起了饭。夹菜的时候还不忘给许先生抛个眼神，示意他看吧，我是不是吃得非常棒。他回我一个宠溺的微笑。

许先生的母亲和我聊天的时候，很自然地给许先生夹了菜放到他碗里，说了一句：“许铭泽你多吃点儿，这不是你最喜欢的鸡翅吗？”

我端着碗目瞪口呆地看着他夹起碗里的鸡翅，他看过来冲我努努嘴，挑着眉示意我吃饭。我低头扒饭的时候，心里五味杂陈得紧。

吃完饭他送我回家，我俩沿着江边的风光大道散步。他不断提醒着我明天要带的东西，收拾好在家里等他，还絮叨着要添置些什么东西到租住的屋子。

“你很喜欢吃鸡翅吗？”我突然开口打断他。

他长叹一口气，无奈地看着我，双手捧住我的头，使劲挤压着我的脸晃了晃，开口说道：“我和你说话，你什么时候才不会走神哪。”

“那你先回答我啊。”

“恩，以前挺喜欢吃的。”

他双手放下，装作不在意地耸耸肩说。

“那你和我说你不喜欢吃鸡翅！骗子！”

我一把拽住他，佯装生气地质问道。他被我较真的样子逗乐，搂住我的肩朝前慢慢走着，缓缓地说道：“傻不傻啊你，遇到你之后鸡翅也就变得没那么好吃了呀。”

“那你每次吃饭就都把鸡翅给我啊，你才傻吧。不对，我才傻，居然真信了你不喜欢吃鸡翅。要是今天你妈妈不说，我还真的一直以为你不爱吃。”

“那你是不是也很喜欢吃虾啊？”

我突然想起每次和许先生去外边吃夜宵，他总是坐在我旁边认认真真地给我剥虾吃。我觉得在 A 市生活的人，不爱吃虾纯属异类，告诫他真的不用为我剥虾壳，我用嘴也可以吃到虾肉。他满手都是辣椒油，抬头看着我说，他真的不是很喜欢吃虾。

现在，我非常怀疑他话语的真实性。

“吃虾是真的很随意，因为我嫌它太麻烦了。”

“嫌弃它麻烦你还每次帮我剥虾？”

“因为女朋友爱吃呀，当然就不嫌麻烦了。如果是自己，就懒得动手。”

我突然站定不再动，许先生不知发生了什么，也停下来看着我。我一字一句格外认真地对他说：“以后不用为了我麻烦自己，很多事情我都可以自己来的。”

他站在暮色里，笑着对我说：“嗯，好的。”

3

晚上下班的时候，因为开会开的时间有点儿过久，我出来接水喝的空隙才发现外边的天早就黑了，再一想自己忘记告诉许先生今晚得晚回家了。我这才想起来我的手机下午没电了，也忘记充电了，急忙从包里找出充电器，充电开机，坐在座位上等待开机的时候，心里七上八下的紧张。

虽然已经做好了许先生的轰炸信息准备，可是手机开机完的前一分钟，我还是因突如其来地冒出来的诸多信息而长叹了一口气，还没来得及看未接电话和短信，手机便在接连不断的震动中再一次黑了屏死机。

再一次重启成功之后，我才发现许先生打了足足二十三个未接电话，还有数不清的短信和微信。我点开微信还没来得及看，就又接收到一条新的消息。

“我在你们公司楼下，下了班给我打电话，接你去吃饭。”

我哭笑不得地回了一个“好”。

他秒回我一个“民国亲亲”的表情包。我因他突变的画风而惊讶，“民国”的这套表情包还是公司小姑娘分享给我的，我觉得有意思得很，便经常给许先生发。他向来只回复我文字，从不参与表情包的斗争。没想到他居然偷偷保存了，还运用娴熟。

等我把工作都收拾完毕、关机准备下班的时候，发现已经快九点了。正打算起身的时候，我发现办公室加班的人全都趴到了窗边朝外看，边看边惊呼。我看着他们欢呼雀跃，内心却只想着快点儿下去和许先生回家。

“浅浅姐！快来看！”办公室的一个小姑娘趴在窗前大声唤着我，我疑惑地站住看着她一脸迷茫的表情。

“浅浅姐！你快来呀！这个人好眼熟，你快来！”我听到眼熟便迟疑地朝窗前走去，站在窗前朝楼下看的时候，真的是哭笑不得。

楼下大坪里边有个人正在放烟火，还不忘手里拿着烟花跑着玩儿。就算隔了楼层的距离，我也一眼就看出来了楼下这个疯子正是许先生。

看到我笑了，小姑娘们一阵叽叽喳喳地围了过来。我推开她们，摆摆手表示很晚了，要下班她们才肯放行。

到楼下的时候，许先生的烟花还没放完。我站在坪里看着他举着烟花冲我笑，我也只好冲他大笑着说：“你不怕被安保抓走吗？”

他把烟花放在地上跑过来牵我，走到烟花中心的时候，突然牵着我转了一圈儿。我被他突如其来的舞蹈弄得尖叫连连，过路的人不断地看了过来。我脸皮薄，转了一圈儿之后便大呼不要。两个人站在烟火里看着彼此，只剩下傻笑。

后来陪着他一块儿收拾的时候，我嗔怒他怎么突然想起放烟花。他一脸认真地看着我说：“你忘了我们之前也在这天跳过舞了吗？”

我努力回想了一下，最后坐上副驾驶的时候，突然醒悟了过来。我抱着包一脸歉意地看着驾驶座的许先生，连连道歉说：“太忙了，忘记啦。”他看着前方开车，语调平平地回我：“你忙归忙，什么时候有空给我生小孩儿呀？”

我被他一本正经的模样逗乐，撒着娇说实在是忘记啦。他侧过脸来，一言不发。我就势亲了他的右脸一下，这才把他给哄好。

“你晚饭吃饱了吗？还想去吃点儿什么？”

我晚饭是在开会的时候吃的外卖，并不好吃，我也没有吃饱。近期不知为何饿得特别快，又一想这个特殊日子应该吃点儿好的，于是语气柔和地冲许先生说，想回家吃他做的饭。

许先生一副心知肚明的模样，点点头说：“许夫人要求，必定相从。”

4

我和许先生从家里搬出去在外租房子后，便算真正意义上结束了三年异地。租的一室一厅，有落地阳台。许先生买的家具，我俩一开始并没有多少钱，便经常大晚上躺床上两个人开始刷淘宝，刷二手家具。

一起前前后后花了差不多一个月的时间，白天上班、晚上捣鼓，才把家里给弄好。我们在阳台种了许多绿植，屋内挂了我们都很喜欢的小众壁画，桌子、柜子都是在网上淘来的二手家具，搬回家之后便自己喷漆重组。厨房是消耗最大的地方，一切物件都是重新置备的。许先生的厨艺不在话下，我就只能负责花钱买好看的碗筷、餐桌垫等。

我俩在客厅留了一面白墙壁，买了懒人小沙发，周末的时候便窝在里边，拿着借过来的投影仪看电影。

卧室是大大的双人床，隔了一个小空间做我俩各自的工作区。基本上是许先生的工作区域，我在家基本都是窝在沙发里。

我俩每日早起做饭步行去上班，晚上一块儿逛市场回家做饭，再去楼下小区散步。

日子，就是一天天地过生活。

记得有一次外婆来市里检查身体，住妈妈那儿没人照顾，我便回家住了几晚。许先生当时一个人在家里边，每天给我发消息，并不问我什么时候才回去，还要多久才能够结束，只是一个劲儿地给我发阳台上开了花的植物、屋里边他新买的地毯，以及他每日在厨房里用心琢磨出来的菜式。我笑他是不是学古人催妻子回家一般，只是告诉她“陌上花开，可缓缓归矣”。

他立马反驳说：“我没有。”一转身他便会在电话里头，不断地问我家里的一次性垃圾袋放哪儿了，之前买的洗衣液又在哪里，还有他的那双鞋洗干净之后我又搁在哪儿了。

许先生本就不是粗心的人，我识破他的伎俩，在外婆回家后，便立马拎着一袋子菜赶回了我俩的小屋子。

他给我开门的时候，一脸的“你怎么就回来了”的表情，却怎么也止不住伸手过来帮我拎袋子时嘴角上扬的笑。

后来，便是外婆病重，我辞职全身心照顾，他刚好也辞职处于创业的风口。

我俩确定结婚的时候，非常仓促，仓促到我们俩都没能有时间好好地去拍婚纱照，好好地去宴请所有的亲朋好友。

记得领完证回来的路上，我俩兜里各自放着彼此的结婚证，他一路牵着我从民政局走到医院。一路上他默默无言地握紧我的手，而我却满心愧疚。

本来就想领完证就此圆了外婆的心愿，许先生的父母和我的父母都认为还是应该摆一下婚宴。外婆的意思也是如此，不过一切从简，就双方亲戚参加便可。

婚宴前，许先生表示我俩还是要拍一下婚纱照。我当时因为照顾外婆而身心憔悴到不行，可是又不愿许先生觉得我是太过于目的性，便笑着说“好”。

我俩的婚纱照都是许先生操办的，他找的是很有经验的婚纱工作室，并不是景楼拍摄，而是外拍。许先生选的服饰都是简单大气的，拍摄地点最后选在了许先生的大学里边。

我们一行人到大学里边取景拍摄，之前被外婆病情笼罩而悲伤的情绪，不知为何在换上婚纱看到正装出席的许先生时，内心仍旧藏不住地欢喜愉悦，还有那止不住的心动。

我不擅长拍照，也不擅长做表情。许先生找的这家婚纱工作室却足够专业，只是让我们不断地动，自然地相处，他们便抓拍到了许多令我动容的画面。

我们的拍摄从下午持续到了黄昏，接近黄昏的时候，金黄色的余光从天边打下来，笼罩在许先生他们学校的一大片草坪之上。我们从草坪经过的时候，许先生突然牵着我的手，在草坪上拉着我跳起舞来。我跟随着他而起舞，在落日的余晖里，在他深情的眼眸里。

路过的人群，站定在外面看着我们穿着婚纱、正装跳舞，有女生惊呼“好浪漫”，不断地为我们俩鼓掌。我们跳了一曲完整的舞，一曲只有彼此的舞。

也是这支舞，被拍到了最完美的婚纱照一幕。

那张照片后来在布置婚宴的时候，被许先生洗成了超大幅的悬挂像。我从婚礼现场慢慢地朝他走近的时候，背后的画面便是我们在落日里起舞。

而距离当初我们拍婚纱照跳舞的那天，刚好过去了两年。

5

到家的时候，许先生去停车，我去开门。开门进屋才发现，原来许先生早就下班回过家了。

我指着餐桌上的一大袋食材问他："你是什么时候回来的？"

他就势拎着袋子朝厨房走去，把袋子里的食物一个一个拿出来，冲我说："你今天电话打不通，我就以为你正常下班回家了，买了菜回来准备给你做。进屋才发现你还在公司，只好又跑回市里接你啦。"

我站在厨房门口不知该怎么接话，这个傻瓜永远做着这些令我动容又愧疚不已的事情。我正准备去帮他洗菜的时候，手机响了。

"喂，浅浅啊，你手机终于开机了啊。"

我示意许先生我妈来电话了，便朝外走和我妈聊天。

"噢，那会儿手机没电了，怎么啦？"

"你上次不是说月经没来，以为又是身体出问题去检查了吗？今天带崽崽去医院检查的时候，我顺便过去帮你拿了体检报告。你这孩子，自己怀孕了都不知道吗？"

"啊！妈你说什么？！"

拿着手机的我再也听不真切我妈后边说的话，整个脑海里都是不断轰炸盘旋着那句"你怀孕了"。

我怀孕了，我要做妈妈了？！

许先生看着我一手抓着手机一脸震惊的表情，不知发生了什么，便朝我走过来。我惊讶地瞪着眼睛看着他，他疑惑不解地从我手里接过电话，“喂”了一声。

等他挂掉电话的时候，我仍旧处于不敢相信的状态。反倒是许先生惊喜得说不出话来，一把抱住了我，紧紧地把头埋在了我的脖颈里。

我们拥抱许久，彼此都在试图缓和情绪。我轻拍许先生的背，他轻轻地埋在我脖子处挪动，我这才感觉到一股热气在我的脖子处氤氲。

许先生正在落泪，他深吸了一口气，再次紧紧地抱住我，在我耳边轻轻说着：“谢谢你，小浅。”

我笑着抚摸许先生的背，语气轻柔地和他说：“许先生，余生恐怕有劳你了。恐怕有劳的，不止我一人了。”

——End